重庆市脱贫攻坚
优秀文学作品选

李能敦 / 著

BIEJI,
XIAOQILAI

别急，笑起来

巫山县脱贫攻坚人物谱

重庆出版集团 重庆出版社

图书在版编目(CIP)数据

别急,笑起来:巫山县脱贫攻坚人物谱 / 李能敦著. —重庆:重庆出版社,2021.3(2022.2重印)
(重庆市脱贫攻坚优秀文学作品选)
ISBN 978-7-229-15527-8

Ⅰ.①别… Ⅱ.①李… Ⅲ.①传记文学—作品集—中国—当代 Ⅳ.①I25

中国版本图书馆CIP数据核字(2020)第241954号

别急,笑起来——巫山县脱贫攻坚人物谱
BIEJI XIAOQILAI—WUSHANXIAN TUOPIN GONGJIAN RENWUPU
李能敦 著

丛书主编:魏大学
丛书执行主编:孙小丽
丛书副主编:牛文伟 杨 勇
责任编辑:刘早生 李文萍
责任校对:刘 刚 刘炜东 杨 婧
装帧设计:戴 青
封面插画:珠子酱

重庆出版集团 出版
重庆出版社

重庆市南岸区南滨路162号1幢 邮政编码:400061 http://www.cqph.com
重庆出版社艺术设计有限公司制版
重庆天旭印务有限责任公司印刷
重庆出版集团图书发行有限公司发行
E-MAIL:fxchu@cqph.com 邮购电话:023-61520646
全国新华书店经销

开本:787mm×1092mm 1/16 印张:13.5 字数:170千
2021年3月第1版 2022年2月第2次印刷
ISBN 978-7-229-15527-8
定价:45.00元

如有印装质量问题,请向本集团图书发行有限公司调换:023-61520678

版权所有 侵权必究

编委会

○ 编委会主任
刘贵忠　辛　华

○ 编委会顾问
刘戈新

○ 编委会副主任
魏大学　陈　川　黄长武　莫　杰　王光荣　田茂慧
李　清　罗代福　冉　冉

○ 编委会成员
孙元忠　周　松　兰江东　刘建元　李永波　卢贤炜
胡剑波　颜　彦　熊　亮　孙小丽　徐威渝　唐　宁
吴大春　李　婷　陈　梅　蒲云政　李耀邦　王金旗
葛洛雅柯　汪　洋　李青松

○ 编　　辑
谭其华　胡力方　孙天容　皮永生　郑岘峰　赵紫东
刘天兰　李　明　郭　黎　王思龙　李　嘉　金　鑫

总 序

重庆是一座高山大川交织构筑的城市，山水相依，人文荟萃。这里有鳞次栉比的高楼华厦、流光溢彩的两江夜景、麻辣鲜香的地道火锅、耿直爽朗的重庆崽儿……她的美丽令人倾倒，她的神奇让人向往，她的热情催人奋进。重庆也是一座集大城市、大农村、大山区、大库区和少数民族地区于一体的城市，城乡差距大，协调发展任务繁重。重庆直辖之初，扶贫开发是中央交办的"四件大事"之一。2014年年底，全市有国家扶贫开发工作重点区县14个、市级扶贫开发工作重点区县4个，有扶贫开发工作任务的非重点区县15个，贫困村1919个，贫困发生率7.1%。2016年1月，习近平总书记视察重庆时强调，重庆脱贫攻坚"这个任务不轻"。

让贫困人口和贫困地区同全国一道进入全面小康社会，是我们党的庄严承诺，打赢脱贫攻坚战是时代赋予我们的光荣使命。重庆广大干部群众坚定融入时代洪流，投身强国伟业，拿出"敢教日月换新天"的气概，鼓起"不破楼兰终不还"的劲头，向贫困发起总攻，坚决打赢脱贫攻坚战。在全市上下一心、同心同德的艰苦奋战中，在基层广大扶贫干部和群众的不懈努力下，经过8年精准扶贫、5年脱贫攻坚，重庆市脱贫攻坚取得历史性、根本性、决定性成效。贫困区县悉数脱贫"摘帽"，累计动态识别（含贫困家庭人口增加）的190.6万建档立卡贫困人口全部脱贫，历史性消除了绝对贫困，大幅提高了贫困群众收入水平，极大改善了农村生产生活生态条件,明显加快了贫困地区发展,有效提升了农村基层治理能力,显著提振了干部群众精气神。2019年4月,习近平总书记视察重庆时指出,"党的十九大以来,重庆聚焦深度贫困地区脱贫攻坚,脱贫成效是显著的","重庆的脱贫攻坚工作,我心里是托底的"。

习近平总书记在决战决胜脱贫攻坚座谈会上强调,"脱贫攻坚不仅要做得好,而且要讲得好"。讲好脱贫攻坚的实践故事,讲好各级各部门统筹推进疫情防控和脱贫攻坚工作的攻坚故事,讲好基层扶贫干部的典型事迹和贫困地区人民群众艰苦奋斗的感人故事,是广大作家和文学工作者的时代责任和光荣使命。面对乡村的巨变和社会的进步,面对形象丰满的扶贫工作者群像和感人至深的扶贫励志故事,面对许多不甘贫困的普通百姓,面对人民群众美好生活的新期待,重庆广大文学工作者投身脱贫攻坚主战场,用文学创作的方式反映大时代背景下重庆人民在脱贫攻坚战役中的不平凡经历和取得的伟大业绩,记录伟大时代的火热实践,记录人民日新月异的新生活,创作出一批优秀脱贫攻坚主题文学作品,《重庆市脱贫攻坚优秀文学作品选》应时而生。

《重庆市脱贫攻坚优秀文学作品选》是在中共重庆市委宣传部的支持下,由重庆市扶贫开发办公室、重庆市作家协会联合策划的系列丛书。为了讲好重庆的脱贫攻坚故事,创作出有筋骨、有硬核、有温度、有品位的文学作品,重庆市扶贫办组织专班提供了大量典型素材和采访线索,组织专人陪同作家深入一线采风采访。重庆市作协遴选了一批来自脱贫攻坚工作一线的优秀作家执笔,组织创作优秀作品。项目甫立,这批作者或早已投身于脱贫攻坚火热的现实中,或遍访民情搜集创作的素材,或直面基层和一线的真实,积累了丰富细腻的情感。通过他们各自不一样的脚力、眼力、脑力和笔力,一幕幕感人至深摆脱贫困的场景得以再现,一个个人物典型的人格魅力得以张扬,一份份对农村新貌的赞美得以抒发……

《重庆市脱贫攻坚优秀文学作品选》由13部优秀文学作品组成,

体裁涵盖长篇小说、纪实文学、散文和诗歌等。钟良义创作的长篇小说《我是第一书记》,以三个主动请缨到脱贫攻坚第一线的城市青年干部的扶贫经历为主线,展示了重庆脱贫攻坚工作的艰巨性和复杂性,表现了重庆青年党员群体的责任担当;罗涌创作的长篇小说《连山冲》讲述了位于武陵山集中连片特困地区的连山冲村克服重重困难成功脱贫的故事,塑造了脱贫攻坚工作中的各色人物的鲜明个性,全景式地书写了精准扶贫精准脱贫中的艰难与坚韧、痛苦与希望以及从精准帮扶到产业致富的山村发展路径与规律;陈永胜创作的长篇小说《梅江河在这里拐了个弯》以身患绝症的扶贫干部林仲虎在生命的最后时刻依然坚守在扶贫第一线的感人事迹,折射梅江河,乃至秀山县脱贫攻坚工作的艰辛历程;刘灿创作的长篇小说《蜜源》讲述了留学归国青年踌躇满志来到贫困山区创业的故事,讴歌了新时代知识青年的理想追求,展现了新时代重庆农村的人文风貌;何炬学创作的长篇报告文学《太阳出来喜洋洋》通过讲述一个个"奋斗者"的脱贫故事、赞颂"助力者"的全心投入,全面展示了自2014年全国新一轮脱贫攻坚工作开展以来,重庆全域在此工作中的生动景象,并努力挖掘重庆的文化底蕴,彰显重庆人的精神和气质;周鹏程创作的报告文学《大地回音》是他深入重庆14个国家级贫困县和4个市级贫困县采访、调研的结晶,反映了重庆农村特别是贫困山区在脱贫攻坚战中发生的天翻地覆的变化;谭岷江创作的报告文学《春天向上》通过对石柱县中益乡各村帮扶贫困户产业脱贫致富故事的讲述,勾勒出一幅山区土家族人民在新时代努力奋进,积极乐观地追求幸福的壮美画卷;李能敦创作的散文集《别急,笑起来——巫山县脱贫攻坚人物谱》生动刻画了一批来自巫山县脱贫攻坚一线的人物群像,记录了他们在脱贫攻坚战役中的奋斗与牺牲、泪水与欢笑;龙俊才创作的散文集《我把中坝当故乡——驻村扶贫纪实》还原了中坝村扶贫干部与群众在脱贫攻坚战一线,确保高质量完成任务的方方面面,是全国打赢脱贫攻坚战中一个生动的缩影;徐培鸿创作的长诗《第一书记杨丽红》借由对脱贫攻坚战中的女性群体的观照,展现出广大驻村女干部们的艰辛付出和人性中的大美;袁宏创作的诗集《阳光照亮武陵山》围绕武陵山区的脱贫攻坚展开诗性建构,集中反映了酉阳土家族苗族自治县广大干部群众积极投身脱贫攻坚的国家战略,展现了人们面对困难守望相助的内心世界和追求美好生活的坚毅品质;戚万凯创作的儿歌集《我向马良借支笔》,以琅琅上口的儿歌展现脱贫攻坚的生动场面和新农村的美丽画卷,通过生动活泼、富有童趣的形式,传递党的扶贫声音,讴歌扶贫干部公而忘私的奉献精神和乡村群众自强不息剜穷根的精神风貌。丛书还收录了傅天琳、李元胜、张远伦、冉仲景、杨犁民等70余位重庆诗人创作的诗集《洒满阳光的土地——重庆市脱贫攻坚诗选》。这些作品散发着巴山渝水的浓郁乡土气息,晕染着山城文化的独特魅力,不仅凝练了百折不挠、耿直豁达的重庆性格,而且写出了重庆人感恩奋进、誓剜穷根的精气神,总结了重庆在生态、教育、健康、搬迁、文化、产业等方面的典型经验。作家们的创作不回避矛盾,不矫饰问题,以真情与热诚书写贫困地区的变化,把脱贫攻坚故事写得实实在在、有血有肉、鲜活生动,彰显了重庆文艺工作者在脱贫攻坚中强烈的使命感和责任感。

《重庆市脱贫攻坚优秀文学作品选》是重庆广大文学工作者与时代同行,与人民同心,把人民群众的伟大实践作为创作的不竭源泉而锻造出的精品力作。我们希望通过《重庆市脱贫攻坚优秀文学作品选》所传导的精神与力量,能够让群众的灵魂经受洗礼,让群众的精神为之振奋;能够鼓舞群众在挫折面前不气馁、在困难面前不低头;能够引导群众发现自然之美、人性之美,让群众看到美好、看到希望、看到梦想就在行即能至的前方。

丛书编委会
2021年1月

目 录
Contents

/ 总　序　　　　　　　　　　　　　1

/ 第一篇　　　　蜜蜂丢失以后　　　2
甩掉贫困帽　　房屋变形记　　　　9

　　　　　　　　晚年　　　　　　　12

　　　　　　　　丰收　　　　　　　18

　　　　　　　　团圆　　　　　　　21

　　　　　　　　古树人家　　　　　27

　　　　　　　　家园　　　　　　　31

　　　　　　　　贵人　　　　　　　37

　　　　　　　　愿望　　　　　　　43

　　　　　　　　发狠　　　　　　　48

　　　　　　　　造血　　　　　　　55

念	61
好事连连	67
我要唱歌	72
走上正轨	79
守	84

/ 第二篇
当好领路人

脆李园	94
脆李芳华	100
楠木香	107
还账	113
石上生花	117
为美食而生	122

目录
Contents

/ **第三篇**
携手齐攻坚

"渐变蓝" 130

蝴蝶飞 136

一条路 145

三湾村的"拼命三娘" 151

跑好这一棒！ 156

桂坪村亮了 164

村里来了个姚博士 169

送教 175

转型之路 180

管火的"三板斧" 185

梦想 194

/ **后记**
村道闪闪发光 198

第一篇

甩掉贫困帽

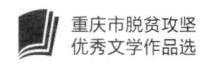

人物档案

曹先华，男，1958年出生，重庆市巫山县巫峡镇春泉村6组村民，贫困户，肢体二级残疾。

蜜蜂丢失以后

农历四月的一天早晨，巫峡镇春泉村村民曹先华发现自家三个蜂桶不见了。

蜂桶原本有六个，三个立在房屋东侧一道石坎上，挨着公路，三个立在屋后树林里。从新房建起，六桶蜂基本上就安放在各自的位置后，四五年从来没出过事。现在，公路旁边的三桶蜂不见了。在原来立蜂桶的地方，一些昨晚没来得及归巢的蜜蜂乱哄哄地爬来爬去，似乎也被蜂桶的凭空消失搞糊涂了。

曹先华坐着轮椅，他能看，能听，心里明白，不能说话。发现三个蜂桶不见了，他想喊喊不出，急得满眼是泪——他有多年的高血压，前年脑血栓发作，也失去了语言能力，从此下肢瘫痪坐上了轮椅。

他使劲转动轮椅，把自己慢慢移到门口，对着屋里比画着手势。妻子秦长芝看到后，这才和儿子跑出来。母子俩围着房屋上上下下找了几圈，最后垂头丧气地走到曹先华身边。一家人无可奈何地确认一个事实：除了屋后树林里的三桶蜂，另外三桶被偷了。

曹先华家里一直养着蜂，从他记事起，爷爷就养着蜂。老房子外墙椽子上安了一个细腰的蜂桶，每年都用牛屎把桶周身刷一遍，让蜜蜂住得舒舒服服的。爷爷养，父亲养，到了曹先华手里，养蜂也就一直没断。也幸好继承了这门手艺——如果它算手艺的话。自从妻子查出风湿性心脏病，自己也下肢瘫痪之后，这几桶蜜蜂就成了全家难得的稳定收入来源。他有一个女儿，已经出嫁，自己家里负担也很重，除了抽时间回来做些农活、家务，根本没有余力周济娘家；儿子呢，刚20岁，职高毕业两年，一直没有固定的工作。

曹先华养的是土蜂。土蜂蜜比洋蜂蜜值钱，一斤最低要卖120元。一只桶一年割两次蜜，夏天割一次，秋天割一次。割蜜的时候割一半留一半，留的就是蜜蜂的口粮。平均一只桶一年能割20斤蜜，六只桶一年就是120斤，能卖一万五六千块钱。

三桶蜜蜂被偷，损失太大了，两口子的医药费，将如何保证？被偷的三桶蜂，又恰恰是开年以来都还没有割蜜的，这个损失又大了一层。如果早一天割蜜，损失会小很多，甚至，丢都不会丢——可以肯定，小偷就是冲着蜜才偷走蜂桶的。

对这些蜜蜂，平常都没怎么在意，没有多少蜜的时候，常常好久都不去打望一回，任由那些小家伙自己生自己养。那些小小的身体，每天嗡嗡嗡，在院坝里飞来飞去，川流不息，它们辛辛苦苦酿着蜜，自己吃得少，供给人的多，也并不跟主人家争闹，多么乖巧、懂事。等到它们被人连桶一起偷去，曹先华这才忽然觉得它们有多宝贵，也才忽然觉得原来立着蜂桶的地方有多美丽。

全家陷入巨大的痛苦、气恼之中。秦长芝因为自己没来及早割蜜，更是多了一种痛悔和自责。她愤慨而悲哀地诅咒着该死的小偷，心口剧疼起来，一时虚汗直滚，浑身瘫软。儿子赶紧把她扶进屋里，让她吞了救心丸躺下了。

没过多久，得到消息的村支书带着派出所民警赶到家里来。这可是大事。脱贫攻坚就快迎接国家普查验收，贫困户家里作为重要经济来源的蜜蜂还被偷走一半，这小偷真是太可恨了！大家分析：丢失的三个蜂桶就摆在公路旁边不远，过路人顺手牵羊的可能性最

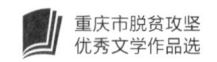

大，本村偷盗的可能性低但也不排除。通过走访，又查看了村中仅有的两个监控摄像头的记录，民警发现一辆皮卡车嫌疑很大，半个小时内，这辆皮卡车往返了两三趟，时间正是昨天晚上半夜一点钟。然而，两个监控图像极为模糊，司机面貌、车牌号完全看不清，根本提供不了有价值的办案线索。

看着曹先华全家沮丧的样子，村支书安慰说，村里正要发展"甜蜜产业"，鼓励贫困户都来养蜂，明天就开会，让他们领几桶蜜蜂回来，继续保持原来的规模把蜜蜂养起。

第二天，妻子去参加了村里的会议回来，向曹先华传达会议精神：春泉村植被好，野花多，适宜养蜂，县扶贫办、镇党委政府都大力支持村里规模发展蜜蜂养殖，为贫困户稳定脱贫打好产业基础；共有200桶，有意愿的贫困户都可报名领取，免费发给大家养，但第二年要保证归还两桶，如果没有归还的，按一桶500块赔偿；现场报名……

曹先华一听她说完，露出早有预料的神色，摆着手，摇着头。秦长芝懂得他的意思：看嘛，一桶赔500块，哪有那么好的事让你随便领了来养！

隔一天，村支书带着大学生村官上门来了，对还没有报名的贫困户逐户走访动员，确认登记。村支书说："老曹、嫂子，你们可能多虑了。我说每户第二年必须交还两桶蜜蜂，因为这就是政策规定的，是为了督促大家养好蜂。我也说了，如果第二年没有还的，一桶按500块作赔，这是针对所有养殖户，不是针对你们一家。我如果不这样要求，那么很可能，到第二年、第三年，全村的蜜蜂就越来越少，因为反正自己没有出本，又不需要承担任何责任，管他哟，蜜蜂死了就死了，跑了就跑了，桶子坏了就坏了……都这样的话，我们想要把甜蜜产业发展起来，你说可能吗……"

秦长芝看看曹先华，说："养我们确实想养，就是怕真的又被偷了，没得钱赔。"

村支书说："你们遭偷过一回，确实会多一些担心。以后我们就把蜂桶看严点，村里也会加强安全防范，多装几个高清摄像头，看哪个还有胆子再偷……"

秦长芝有点心动，又看曹先华。这个家里，他虽然什么事都做不了，但一家之主的威望还在，拿主意的还是他呢。只见他垂着头，像要掉气一般，双眼无神地盯着地面，像是他丢失的三桶蜂就藏在下面一样。

村支书说："老曹，表个态吧？"

曹先华纹丝不动。

村支书说："我今天上门来跟你们说养蜂的事，是劝你们，绝对不是勉强你们。"

秦长芝："支书，你对我们一家的恩情，我们会一辈子记到心里！没有你，我们两口子的低保是吃不到这么久的，我晓得……"

村支书说："恩情不恩情，那是党和国家政策好，是你们应该享受的。你们就说养不养蜂。"

秦长芝支吾着，有些费劲地表达家里意见：养倒是想养，但是蜜蜂真要是被偷了，或是别的原因没能还得了，的确没有钱赔，所以他们还是先看看别人哪个养，先看一年再说……

村支书说："只怕你们看看也就看看了，机不可失哦。"他说的可是实话。

曹先华被激了一下，有些抵触，把脸撇到一边去了。夫唱妇随，秦长芝想起丢失的蜜蜂，还有没来得及割的蜂蜜，心里疼起来，头一歪，哼哼唧唧地叫唤着："我的三桶蜂哦，哪个偷儿这么缺德，偷贫困户的蜜蜂，硬是不让我们活哟……"

村支书无法，就在秦长芝的叫唤声中带着大学生村官出了门，往下一家贫困户走去了。

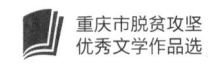

没过几天，蜜蜂分下户，村里有意愿的29户贫困户全都领了几桶蜜蜂回家。村里一时充满了喜庆，村民见了面都在讨论、交流养蜂的技术，以及防火防盗等问题。

秦长芝问："难道你们就不怕赔不起吗？"

"该赔就赔嘛！"大家都说，"国家的政策，总不会叫我们老百姓吃亏的。"

不能开口说话，耳朵却更加灵，别人在院坝、在旁边公路上的答话，曹先华在屋里都听得清清楚楚。夫妇二人感觉他们被耍弄了。全村的贫困户，只有他们一家被那"要赔500块"的硬杠子唬住了。他们终于想通了别人早就想通的问题：国家的政策总不会让老百姓吃亏的。

秦长芝给支书打电话，支书问："想通了？"

秦长芝说："哎，想通了。"

"不怕了？"

"哎，不怕。别人都不怕，那我们也不怕。"

"但是已经分下去了，没有了。"

"哦。我们只要一桶嘛，一桶就行呢。"

支书耐心地解释："分完了，一桶都没有了。但是……"

支书的话还没有说完，秦长芝就失望地挂了电话。这结果，似乎也在他们的预料之中，毕竟，事到这一步，怨不得别人，要怨就怨他们刚刚丢了三桶蜜蜂，丢怕了……

过了几天，支书带着会计上门来。村支书心情很好，因为村里发展"甜蜜产业"，确实需要大家都来养，曹先华是养蜂的土专家，蜜蜂又是他家的重要经济来源，他一家也有了养蜂的主动性，那就太好了！

支书劝导曹先华、秦长芝："这次确实已经分发完了，无法再调剂。但是村里的'甜蜜产业'要不断扩大规模，只要镇政府、县级部门支持的下一批蜜蜂到村里来,你们家就排在第一户领取。"

支书说完,会计又说:"老曹,昨天村支两委也研究同意,对你们家落实2000元临时救助金,已经打到你们的银行账户了。另外,前两个月,疫情期间安排给小曹的临时性公益岗位,也落实了900元的工资。"

会计说完,支书又说:"小曹还是不要在家玩起。所以,我请朋友帮忙,找了一个工作,就在县城的职教工业园区的一个厂子,每个月能拿到3000元以上,就不知道小曹愿意不愿意去……"

"愿意,愿意……"秦长芝和儿子小曹忙不迭地说。

曹先华也满脸是笑,嘴里激动地"哦哦"着。

大家都坐着,小曹却一直站在那儿,站着更显他的风姿。他才满20岁,高高的个儿,像一棵刚长成的小树,青春喜人。他虽然从小在村里最穷困的家庭长大,但完全没有那种沉闷的苦相。恰恰相反,穷困培养了他的好德性。他完全不同于他的同龄人,从不喜欢也没有条件沉迷于手机游戏、抖音,从不流连网吧,他听话,能干任何事,有责任心,小小年纪,挣到的钱都一定会自觉交到父母手上。也许,他是多少有一些自卑的,但自卑得刚刚好,让他沉静,还显着稳重。他那青春的脸庞,总是荡漾着纯朴而真挚的笑意。

支书站起身,疼爱地拍着小曹的肩膀,说:"小曹,你要努力哟!你就是你们家的阳光啊!"

"好的。我努力,一定努力!"小曹毕恭毕敬地回答,像个乖巧的学生一样。

这个家,有两人的低保,有曹先华的残疾补助金,有医药费的报销……各种福利政策,能享受的全都享受了。现在,小曹也可以去上班挣钱了。未来,蜜蜂肯定会增加几桶,扩大规模的。村里的"甜蜜产业"不断发展,一定也会带动这一家,让全家的生活越来

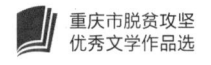

越甜！

  一个月来，在村干部的劝慰、安抚下，曹先华家丢失三桶蜜蜂的失望、沮丧终于消失殆尽，家里重新充满了欢声笑语。

人物档案

王洪振，男，1949年8月出生，重庆市巫山县巫峡镇春泉村1组村民，贫困户。

房屋变形记

上春泉村必经王洪振家，他家的位置太突出、太显眼了。

公路占用了他家院坝，那地方又恰好是一个急弯，拐过院坝，就要弯五六十度，折向山的另一面去。这就像把他家用重点符号特别标记了出来一样。

以前，他家是村里最老旧的一座土墙房，搭着一个茅草顶的牲口棚。原色土墙，粉都没有粉一下，墙上还裂了好多条口子，又是原色木门，原色木格条子的窗洞。窗洞矮小，屋里阴暗。

更早以前，这里连土墙房都不是。当年王洪振入赘到春泉村，两年了，生了小孩了，全家还是住着老丈人当初建的一座茅草屋。当然，那时候的春泉村，住茅棚草屋的不在少数，都穷。

一次大风大雨，草屋朽坏的檩条、乱草全塌下来，一堵墙被雨水一泡，倒了，幸好没伤到人。住是不能再住，只有再建一座新房，于是他请了村里人帮忙，每天二三十人上工，挑土夯墙。搜出家里全部积蓄，分分角角地凑起来，再向乡信用社借到一百块钱，买了一万片瓦，还差八九千片瓦，那就自己烧。他就在门口挖了泥，筛出石子，牵了牛在稀泥当中一遍一遍地踩，把泥巴踩烂踩熟；又借了做瓦的模具，一筒一筒地做瓦坯，做了等着晾干；然后挖一孔窑，砍了大捆的柴来烧瓦。等瓦做好，全部盖上屋顶，三进厢三退堂外搭两偏厦的瓦房终于大功告成。

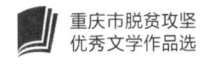

这座土墙瓦房，一晃也住了40多年了。

村干部、结对帮扶的干部，无数次到家里来，劝说王洪振重新建一座房子。

起屋造船，昼夜不眠。年轻的时候为建这一座土墙屋，王洪振没少操心，知道建房是累人的大工程。眼下，王洪振和妻子都是六十好几的人，自己又有肺气肿的老毛病，两个女儿都嫁在外地，要再建一座新房子，他可是完全打不起那个念头了。

挖掘机开进村里，春泉村到处都在建新房，或是改造老屋。

放眼一望，就剩王洪振家的土墙房没动了，也就越发地显得他家老旧了。

王洪振和妻子，心里也不是滋味。

毕竟，村干部也说了，按政策，他家可以享受D级危房改造政策，老两口按高线，人均补助13500元，户头上还有小女儿的户口，可补助6500元，这一共就是33500元的补助。拆掉的老屋地基，另外还可以作为土地收储得到相应补助。

不建房，就完全享受不到这些利好政策了。

王洪振唯一担心的是：他家没有人来操心建房的事。

村干部告诉他：建房的事，完全不用他操心。只要他答应，跑建房用地许可手续，挖房屋场坪，拉砖拉沙拉水泥，买钢筋，请工人，一应大小事务，都交给村里，不用他操半点心。

两个女儿也都打电话来，各自表示支持几万元，帮助父母把新房建好，让两老晚年能住进宽敞明亮的"板屋"里，多享几年福。

再还有什么理由不建新房呢？

春泉村，现在唯一剩下他家还住着老旧的土墙房，不仅自己脸上无光，也还影响了全村的形象呢！

王洪振就给村支书打电话，客客气气地说："支书，我们也申请建房。"

支书高兴地回答："好！"

没过两天，挖掘机就进了场。

只用半年，90平方米的"板屋"建好了。共四间，一间堂屋，一间厨房，两间卧室。门是大女婿专门到县城订制的不锈钢大门。相比以前的土墙房，大门大窗的"板屋"可是敞亮气派多了。

搬家进新屋的那天，两个女儿拖家带口回来了，很多亲戚也赶来祝贺。好多年，家里没有这样热闹过了。

老两口实在想不到，都是将近70岁的人，还能住进这样好的房子里。公路硬化到院坝里，什么东西都可以用车子直接拉到门口，肩不用挑，背不用扛，一开龙头水就哗哗流，并且再不是喝了一辈子的旱塘水，而是翻山越岭引过来的活水，清亮甘甜……

住进了"板屋"，生活也像格外地有了滋味。老两口精神焕发，又享受精准医疗救助，都分别到县医院免费住院治疗几次，身体的毛病大大减轻。王洪振以前稍微走两步就喘得不行，现在也大为好转，走路都格外轻快起来。

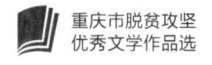

人物档案

邓后周，男，1951年11月出生，重庆市巫山县抱龙镇紫鹅村5组村民，贫困户。

晚年

因享受易地搬迁政策，邓后周建了新房子，搬到了村级公路的一条支路边。

这房子，是与他哥哥一起合建的。共计五间，中间是堂屋，两兄弟共用，左右各开二间，是哥俩各自的厨房、卧室。虽然各自有厨房，其实，哥俩还是一起煮饭吃的时候多一些。他俩的情况几乎一样。各有一儿一女，女儿都是嫁到了河北省秦皇岛市昌黎县下面的一个镇，都是当地农村户口，儿子都是在外打工。所以，家里就剩下哥俩。房子合建，共同生活，相互照顾，倒也让人放心。

只是，这房子到底是有点落单了。支路往前，也就两户人家，离了两里多路。坡上、坡下各有一户人家，看着近，小路又陡又滑，来去也极是不便。只有沿着主公路往上走两三里路，到了山梁上，人户才多起来。

平常日子，哥俩吃了饭，杀两盘象棋，看会儿电视，偶尔有路过的，一起吹牛谈天。别人吸完两支烟，走了，椅子也就空着了，便只听见山林里鸟叫，听见坡上坡下的公鸡打鸣，母鸡生了蛋咯咯地叫上一阵。

哥哥的身体硬朗一些，基本上没有什么疾病，所以他的活动范围广，常会扛着锄头去坡上坡下的田里刨一阵，种些瓜果蔬菜。

邓后周就不同。他有严重的矽肺加肺气肿，走不了多远，更干不了活。走平路，慢慢走是可以的；走下坡，要掌握平衡，他就很费劲；走上坡，那就更难，他会接不上气。他年轻的时候给村集体挖煤，后来在本地煤矿打工，四十好几了又还出远门到山西挖煤。前前后后二十多年，挖煤的工作让他得了现在这毛病。

往前三年，刚建房那会儿，身体的毛病还不太严重，邓后周种着三亩坡地，还养了十几只羊。早上把羊带出坡，把头羊拴在树上，这样其他的羊就不会跑多远，到傍晚再把羊吆回来。他原来想得简单，也是高估了自己的身体条件。实际上，每天把羊放出去、赶回来的这两趟就够他受的。看着羊乱跑，他毫无办法，站在那儿呼哧呼哧地喘大气，想吼吼不出，捡个石头想打羊，他发现自己连扔石头的力气都没有了。他宁愿羊放他呢，他会很听话，不乱跑，不会趁主人不留神就窜进路边田里啃青苗。好歹养了两年，羊的规模不断扩大，羊价也涨了，然而他却心甘情愿把羊全部处理掉了。

那之后，他无可奈何地承认，自己什么也干不了，只有吃白饭了。

他的妻子三十多岁就死了。从她死后，别人牵线说媒让他再娶一个媳妇。他不愿意两个娃娃委屈，就一直没有再娶。多少次，从煤厂回来，照顾两个娃娃睡了，他还得打夜工一个人割麦子、收苞谷秆子。吃的苦，遭的孽，多到可以挑去卖。

要是妻子不那么早死去，他的晚年不会这么早到来，也不至于这么孤苦。

看着哥哥干这样干那样，邓后周心里羡慕。哥哥也羡慕他：他当上了贫困户，自己却没当上。邓后周笑道："我两个换。"哥哥也笑了。当贫困户虽然有一些好处，但还是身体健康最好。

有人打电话来，哥哥便进城去给人家当护工去了，包吃住，每月3000元。

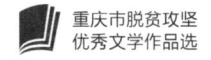

家里越发冷清起来。

女儿倒是孝顺，常打电话问候，虽然路途遥远，每年过年总会回来一次，孝敬一些钱物。

儿子还在同一个户头，一年到头也是过年才回家待几天，年一过完，又走了。平常指望他照顾是指望不到的，就是经济上指望他定期地有所支持，那也是空想。他本来结过婚，生了一个女儿，后来离了婚，女儿归前妻抚养。现在一个人又晃荡了五六年。上半年在南边哪个地方，下半年又到北边去了，居无定所，问起来，总说在打工。小伙子身体健康，相貌堂堂，走哪儿都能混一碗饭吃，就是喜欢玩，喜欢吹牛唱高调，生怕别人不知道他能干，在别人耳朵里，他的工资收入不低，都是八九千一个月，从来没有低过四千五千的。但是，工资收入这么高，他的钱到哪儿去了呢？既没有看到他买车子、买房子，也没看到他的存款——当然，也许他悄悄存着。

很多次，邓后周给儿子交代："你也有三十好几了，村里的红白喜事，应该是你出面应对了。"意思就是，人情往来，儿子该出这个钱。交代也没有用。任何名目的钱，要儿子拿出来，不可能。相反，有时候他在外面一个电话打来，叫苦连天，结果便是邓后周又心甘情愿给他打了几百上千的生活费、路费去了。

养儿防老，在农村，儿子是最大的依靠。虽然儿子的表现一贯让人失望，但邓后周还是顽固地对他寄予着未来的期望。他的结论总是：儿子孝心是有的，就是暂时还没有实力尽孝。

现实如此，邓后周暂时只有靠自己。

老房子作为宅基地复垦，他拿到了补偿的50000元，加上养羊补助的5000元，再加女儿平素孝敬的红包，他手里一度小有积蓄。他本来可以享受巫建路（巫山—建始）占地拆迁补偿的政策，一次性花30000元购买农村养老保险，缴费之后每月有一定收入，生活就会有基本的保障。如果这样，他就用不着指望谁。但是他想来想去，觉得自己命不久矣，买保险不划算。再说，买了保险，自己手里也就所剩无几，突然要住个院，要买个药，那就难了。他错失了好机会，别人想买可没有资格呢。他没有想到自己居然会为此后悔——那是后话，在他又活过了三年之后。

当身体吃得消，他便拄着拐杖，沿公路慢慢走到别人家去，吹牛谈天，半天后又慢慢走回来。要是身体没有毛病，这样的生活，倒是悠闲自在。

到秋天，天气转凉，他的病情加重了，平路都走不了了。他觉得自己快要死了。儿子赶回来了。在邓后周强烈要求下，儿子陪他到邻近的建始县医院治疗，二十天后出院，活过来了。一切开销当然是邓后周的积蓄。医疗费90%得到报销。之后，县里出台大病救助政策，他又到镇卫生院、县人民医院住院治疗几次，除开伙食自理，其他费用全免。

病情减轻很多，似乎稳定下来。儿子又走了。

女儿回来看他，服侍他一段时间，临走，征求他的意见，他当然愿意，这就跟着女儿到了河北省秦皇岛市昌黎县。

妻子死的时候，女儿才六岁。女儿是怎么长大的？初中毕业就打工，也吃了许多苦吧？怎么出嫁的？怎么会嫁得那么远？……多少年过去，邓后周有些糊涂了。

女儿家在昌黎县下面的一个镇。女婿种地卖菜，是个蛮好的人。外孙上高中，便在昌黎县城金榭巴黎小区按揭买了一套房子，有门卫，有保安，出门就有超市，有各种门市、馆子，还有卫生室、药房，打针输液都方便。热闹得很。小区里种了各种花草、各种树木，还安装了各种健身游乐设施。吃穿用度全不操心，一切现成。邓后周吃了饭，便出门溜达，在小区同着一些老头谈天、下棋。逢休息日，女儿女婿带他到公园、到周边景区游玩……

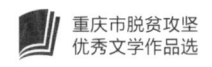

这样的生活，邓后周从来没有想到过。年轻的时候没有想象力，到老来也不敢想。

牛奶一件接一件买了放在厨房里，渴了当水喝；葡萄成件地买回来，上午吃了，下午接着吃；核桃也是成箱地买回来，一次剥了许多，用蜂蜜浸了，慢慢吃……一辈子，还没有这样吃过核桃、葡萄，更不用说把牛奶当水喝。

邓后周长了肉，说话的声气格外地响亮了。跟老家的人通电话，中气十足，喜气洋洋，别人心里疑惑：这是那个邓后周吗？

在女儿家将近两年，他想念老家的房子了。

女儿说，在老家住一段时间了，又接他到昌黎来，一切随他的意。

这样最好。

7月底，女儿女婿送他到北京，顺便带他看了天安门，然后送他上飞机，直飞重庆。

儿子谈了女朋友，在重庆申请了公租房，准备年底结婚。40多平米的小房子，租金不多，但装修下来，置办家具、电器，还是花了好几万。原来，儿子的钱是花到这里了。可以理解。他还有漫长的一生，他得经营好自己的生活。

看到儿子并不是以前那种吊儿郎当的样子，邓后周也就满意。

哥哥也在重庆。邓后周的侄儿——他哥哥的儿子一直在重庆打工，也是申请了公租房。哥哥没当护工后，平时住在他儿子家里。邓后周和哥哥约好了，难得两兄弟都在重庆，便要多住几天，一起好好耍一阵。朝天门、解放碑、观音桥，这些热闹的地方，一定去看看，轻轨一定去坐一盘儿……

耍完了呢？还是回紫鹅村去。

家里的房子，门都锁了两年了。固然，那个房子里，没有一样贵重物品，敞开了门让人拿，估计也没有谁要拿，一屋子的东西都老旧、破烂，毫无用处。但是，那个房子是他和哥哥花费心血亲手所建；那一片土地，虽然太陡，也是他出生和长大、生儿育女、奋斗了一辈子的土地；那片坡上，还睡着他那可怜的三十几岁就死去的妻子；屋前屋后，还有三亩地的脆李，是作为脱贫骨干产业栽下去的，已是第三个年头，应该是结了果子的……

哥俩会一起回巫山，回紫鹅，回到那座合建的瓦房。邓后周的房里用电饭煲煮着饭，哥哥的房间里炒着菜，吃了饭，哥俩下几盘象棋。下棋的时候，为使房屋有生气，哥俩故意地把棋子拍得啪啪响。村里的公路完全硬化了，走着更舒坦了。两兄弟就一起慢慢地走着，走到别人家去吹牛谈天。

山林里传来鸟叫声，是雨水打湿了的透亮、清润。

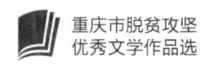

人物档案

李吉琼，女，1974年12月出生，重庆市巫山县曲尺乡权发村4组村民，贫困户。

丰收

雨一直下。

宽阔的水泥院坝的东西两侧，各长着一棵高大的黄葛树，枝繁叶茂，荫蔽着下面一座两层的平房，火砖墙面，门窗显得古朴。院坝边有整齐的水泥栏杆，黄葛树树根处砌了花台，台面可供人坐卧，边上还摆了石桌椅，包括水泥院坝，这都是政府投资在这里建设乡村旅游点的成果，也是曲尺乡权发村李吉琼家，简朴、整洁，透出一种特别的灵气。

李吉琼和丈夫罗付明上午冒雨摘了两挑李子。中午简单吃了饭，跟着又要到田里去，继续摘李子。

两口子跟老天爷抢李子呢，能抢一斤是一斤。

6月以来，雨就几乎没断过。县气象局已发布十多次暴雨橙色、红色预警。7月没完，将近两个月的降雨量几乎就是往年一年的水平。问村里老人，活了大半辈子，都没见过这样的雨，下了四五天，你以为下完了吧，还要下，再下四五天，你说肯定下完了，不，继续下，看不到雨停的意思了，人都下霉了，连墙根的鞋都霉了。

权发村平均海拔有五六百米，虽然比江边的柑园村高了两三百米，然而受灾程度差不多是一样的，脆李裂果达到百分之七八十。摘了没裂的果子去卖，水分重，味道淡，均价只有去年的一半。

今年的脆李，可以说，损失惨重。

李吉琼家有十亩多地，像村里其他农户一样，全部种上了果树，以脆李为主，另有部分柑橘。这两样，可是全乡的骨干产业，也是全县的两大支柱产业，名声越来越响，市场越来越好。村民愿意种，争着种，因为效益确实高。以前种苞谷、红苕、洋芋，一亩的产值最多两千元，还不算人工、肥料等成本。现在种脆李，亩产可达一吨，均价只算五元一斤，一亩的产值就能上万元。这里的柑橘名为"纽荷尔"，个头适中，椭圆，金黄，果肉细腻无渣，特别甜，亩产值比脆李低一点，一般也在5000元以上，还是远远超过苞谷、红苕、洋芋。

脆李、柑橘产业成了气候，土地也就格外金贵了。以前村里有外出务工的，或者家里本来就少劳力的，田地就有撂荒，现在是全村、全乡一块撂荒地都找不到了，自己不种也会被别人流转过去种着。以前那些田边、地角，从不被人打上眼，现在都是见缝插针地种上了李子树、柑橘树。

李吉琼两口子是从2014年开始把种植脆李当个事的。也是这一年，家里因供两个孩子读书成了建卡贫困户。

2015年，光脆李一项就卖了5万元，李吉琼家达到了脱贫标准。两口子侍弄脆李、柑橘更加上心了。脆李、柑橘简直成了他们另外两个孩子。

去年，罗付明请了挖机把200多棵品质不优的脆李树挖掉，把地也重新翻耕一遍，然后种下脆李新苗，同时还在田里挖了一个300立方米的水池，预备等今年李子卖了，买水泥把水池修好，要保证果园以后的抗旱万无一失。对这200多棵新种植的脆李，他们是想以更高标准对待，要学习村里那些种植大户的技术，打顶、压枝，精细管护，生态种植，种出果大味好的高价李子，一斤卖到20、25元才好！不断地增加投入，无论脆李，还是柑橘，都是肯定

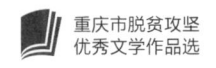

能够赚回来的。两口子打着长远算盘呢。

实在没想到，旱灾没来，却是遇到一辈子都少见的连阴雨。本是历年长得最好的一季李子，收入还最低，几乎够不上买肥料的钱。

惨！

但是，两口子也没当多大个事。他们一点不气馁。

他们有另外高兴的事呢。

去年，大儿子考上研究生；今年，小儿子又考研，前段时间刚刚接到报考的学校电话通知：录取了。

从两个孩子读初中起，李吉琼就一直在城里租了房子全职陪读，罗付明也从没出过远门打工。在这一点上，小学文化的李吉琼、初中文化的罗付明也是打着长远算盘。他们相信，为了儿子的教育投入再多，也不会吃亏，一定会有回报。

两兄弟也真是争气，从小习惯好，从不要父母盯着管着。两兄弟相差一岁，哥哥自觉，弟弟有样学样。兄弟俩从小学、初中、高中，都是一个学校；高中升大学，都是重庆大学，就读机械设计与自动化专业；大学毕业后考研，还是报考同一所学校同一个专业，还都一次性考上。两兄弟就像约好了，手拉着手爬梯子，一点不耽搁，一切顺顺溜溜……

这是多么大的喜事啊！

权发村，就数李吉琼罗付明两口子精明，长线投资，赢来最大丰收。不要说脆李减产，哪怕绝收，或者哪怕卖了10万元、100万元，与两个能干、争气的儿子相比，又算得了什么呢？

在权发村，谁不羡慕李吉琼家脱贫脱得彻底、潇洒呢！

人物档案

吴明桃，女，1970年9月出生，重庆市巫山县抱龙镇紫鹅村6组村民，贫困户。

团圆

吴明桃原本计划过完年就出门打工的，没料到一场新冠肺炎疫情让一切计划泡了汤。

打工的地方，是邻近湖北省恩施土家族苗族自治州建始县下辖的景阳镇，虽说跨了省，但到那儿也只有150多公里。那边是一个亲戚开的液化气充装站，年前就联系好了，请吴明桃和她的儿子李斌，还有李斌的女朋友，三个人一起过去在充装站上班。

多好的机会，三人在一处上班，就等于在家里一样了。这个亲戚，的确是有一番好意呢。

吴明桃跟丈夫分开了十多年。这些年，她一个人带着一儿一女生活。

正月过完，疫情形势还严峻，出门都吓人。二月过完，到处依然在封锁，各条道路一律设置卡点，镇、村干部把守着，不能进，不能出。三月快完，巫山基本解封了，湖北仍处于严密封锁中。

吴明桃有些着急了。从过年到现在，三个多月，每天关在屋里，就是煮两三顿饭，看电视，看手机。不打工不上班，挣不到钱，每天只支出没收入，她心里慌。

家里好像只有她一个人着急。女儿李蓉专心致志用手机上网课，准备专升本的考试。她高中毕业后读的是"3+2"，专科三年，然后有机会读两年的本科，但需要资格考试。她20岁了，越大越懂

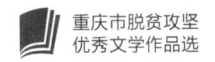

事，学习的自觉性很强，也早在规划未来的就业，同时在备考初级会计职称。

吴明桃笑她，如果早点醒事，高中就发愤，早就在读本科了。

儿子李斌在热恋中，乐得关在家里跟女朋友卿卿我我，什么烦心事都不会进到他心里去。他比妹妹李蓉大了几岁，专科毕业后一直在重庆打工。去年出了点事，右手受伤，当时没在意，以为只是一点皮肉伤，过了一两个月伤都没好，这才去认真检查，才发现右手前臂骨折，于是做手术。去年一年几乎都没上班，没挣钱不说，医疗费花去上万元，虽然享受大病医疗救助政策，自己只负担了极少部分，但吴明桃为照顾他，也有几个月没有上班。这样一算，去年的损失可不小。

让人欣慰的是，李斌虽说受了伤，但恢复得好，不会有什么后遗症；也就是这一年，他还谈了女朋友，手术之后主要就由女朋友照顾，两人之间的感情越来越深。看来娶儿媳妇，吴明桃会少操好多心。

李斌的女朋友也是大专毕业，学的安全管理。她父母如今在县城近郊租房子住着，老家跟吴明桃都属于一个镇，只不过各自的村子相隔很远，一个在高山，一个在低山，原来互相不认识。两家要成亲家了，按农村的老规矩，女方家里要组织一个专门班子，到男方家里实地看看住房条件，了解了解男方家庭情况，叫作看亲。看亲之后，如果没有疑问，就会交换双方庚帖，定下亲事，双方家庭就此成为亲戚。现在恋爱自由，老规矩也慢慢淡化。今年正月初三，吴明桃让李斌开了他刚买的一辆二手车，带上早就准备好的两只高山腊猪蹄，母子俩一起到女朋友父母家拜年。吴明桃这样做，女方家长哪有不高兴的。于是，两个孩子的婚事很快就给拍板定了下来：年底就结婚。

还在前年，吴明桃就买了一套房子，就在紫鹅村街上，与自己的老瓦房没隔多远。110多平方米，三室一厅，带装修，带买家具，花了20万元出头。老瓦房纳入宅基地复垦补了几万元，李蓉上大学每年也有贫困大学生助学金，但20万对这个贫困家庭来讲毕竟不是小数目，原本一直没积蓄，因此也就欠了债。买房就是预备李斌结婚用。哪里想到李斌这么快就将用上。当然，这是再好不过的事情。

　　欠债要还，只有打工去挣钱。可是突然暴发的疫情让人出不了门，吴明桃能不急吗？想来亲戚那边也会急，只有他们过去了，充气站才能正常运行。

　　终于，在3月底，虽说湖北全省封锁还严，但经过多方联系说明情况之后，卡点的干部还是开了字条，盖了章，将他们放行了。

　　4月1日，吴明桃母子加上准儿媳，三人就在充气站正式上班了。吴明桃负责做饭，她曾在镇政府食堂上班，能做一手农家饭菜。儿子负责站里的业务工作：充装液化气。来一个液化气钢瓶，检查一遍，没有问题的，检斤，接上口子，拧开充气开关，一分钟就加满一个，然后复秤……活儿不重，淋不着晒不着。忙起来，站长也会搭把手。李斌的女朋友担任会计，负责开票、收费，每天按时缴款报账；同时，她还发挥专业特长，协助站长进行安全生产的监督、管理。充装站的工作人员，除了站长，就是吴明桃他们三人。

　　这里的工作机会，就是特意留给吴明桃他们的。

　　其实之前，吴明桃在建始县那边生活过。后来她又嫁到建始县下辖的茅田乡，生了一儿一女，像村里其他没有外出务工的媳妇一样，过着平淡无奇的日子。随着孩子长大入学，问题暴露出来。儿子住读在乡里的小学，一周一送，先走20多里山路，然后坐车。周末接他，就反过来，先坐车，再走20多里山路才到家。幼儿园，村里没有，只有乡里才有，女儿只有不读。这是问题，也不是问题。

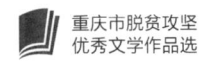

幼儿园且不说，不读关系不大。小学，也就是远了一点，不方便是事实，但并不是读不了书；而且，不方便的不只是他们一家。吴明桃认为这是个问题，丈夫不认为是问题。

吴明桃着急了。似乎这时候她才发现，最让她着急的，是自己的丈夫从来不怎么着急。

两口子不在一个频道上。

吵了几架，问题不能解决，吴明桃带着两个孩子回了娘家，户口也都迁移回来。

14年，她没再回过丈夫那里。他们，都没再见过面。

2014年，因为一个人拖着两个孩子，吴明桃被老家村委会确定为因学致贫户。助学贷款、学费减免、贫困生生活补助，多项政策给了她极大帮助。从李蓉就读高中以后，她就外出打工，到浙江、天津，或是在巫山本地就近务工。她进过制衣厂，更多还是在建筑工地给工人煮饭。

在天津的一个建筑工地，因为临时差人，她曾经破天荒地被送去培训，然后当起了塔吊信号工，穿着工装，拿着对讲机，指挥半空里的塔吊师傅："向左5米，再1米，下降10米……起钩……"这是她打工经历当中少有的轻松而体面的记忆。那个工地的老板真是个好人。

李蓉读高中时，学习不太自觉，高考不理想。吴明桃为此深深愧疚。如果自己不出门打工，而是在县城陪读，女儿考一个本科是没有问题的吧。

李蓉读大学，吴明桃每月按时给她打生活费。一次，无意中听她说鞋子坏了底子，吴明桃就给多打了几百元，让她买一双稍微好点的新鞋。后来问她，她说新鞋子没买，把旧鞋子修了修还穿着，还让吴明桃下个月不打生活费。

吴明桃哭了。

最困难的时候，她都没哭过，女儿这么懂事这么节约，让她哭了。

从李斌毕业打工后，她一下子轻松了许多。

但她还在不停地打工。她要把买新房子的欠债还清。她还想未来女儿出嫁的时候，给她一份拿得出手的嫁妆。

手心手背都是肉，对儿子、女儿，她不会厚一个薄一个。

6月初，李蓉打电话报告喜讯：专升本的考试，她通过了。不久，她到充装站过暑假来了。

这个充装站的老板，其实就是丈夫的侄女婿。

侄女跟吴明桃说："婶子，让我叔叔也来上班，李斌会轻松一些。要得不？"

吴明桃说："你是老板娘，你说了算。"

侄女笑道："那你要多煮一个人的饭咯。"

吴明桃也笑："没有问题。"

十多年里，从吴明桃和丈夫分开，就有好多亲朋好友都在劝和他们，希望他们破镜重圆。当然，主要是做吴明桃的思想工作。尤其最近两年，因为两人都已经年过半百，分开后都是各自一人，从没有另外再找配偶，劝和的就更多了。侄女的心意，吴明桃当然懂得。

丈夫是个本分人，跟自己一样，只是个小学文化，脑筋不活，也没有什么手艺，一直老老实实在他老家种着一亩三分地，勤快，吃得苦。这么些年，虽然两人分开了，丈夫还是一直在尽力支持这个家。他虽然挣不到钱，但他还是努力支付抚养费，偶尔也直接给孩子寄钱，让他们自己买东买西。他算得上是负责的父亲。只是他的能力确实有限，对他有过高的期望就会让他为难，也让期望的人失望。

吴明桃之所以答应亲戚，接受丈夫到充装站上班，心里也是早

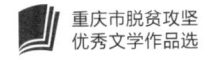

有准备的。

6月底的一天下午，公路上，一辆中巴车靠边停了一小会儿，又走了。留下一个男人，背着包，手里还提着一只大口袋。他大幅度地倾斜身子，显出使劲的样子，快步移动着。李斌跑过去，接过口袋，两人亲热地并肩走过来。他们个子都不高，都壮实，一看就是父子关系。吴明桃远远地看着，心里一热，有些害羞地迎着他们走过去。

今天，是他们俩、他们全家，加一个准儿媳，14年来团圆的日子。

人物档案

贺成双，男，1975年出生，重庆市巫山县双龙镇安坪村村民，贫困户。

古树人家

这真是一个好位置。

宽敞的油化村道在这里柔和地拐了一个弯，内弯处，长着一棵高大、粗壮的重阳木，说是有两百年以上。树下有一座两层楼房，楼下外墙刷了白，楼上却还是红砖墙，显然是后头加盖的一层。门上挂着农家乐的招牌"古树人家"。门口有一条溪沟，配合这里的农田整治，沟两边砌坎，沟底铺水泥，沟里有水，是从北面山脚流出，即使是枯水时节，也有细流涓涓。远处，是整治后的四五百亩的平坝，新砌的石坎描画出一条条平行的弧线，让这块红沙壤的土地增加了律动。平坝西侧，有相对集中的农家院落，家家门口建着短围墙，墙体别出心裁地嵌入一扇磨盘、一个"福"字logo或是用瓦片做一个造型。院落处处栽花种草，公共活动场所精心布置文化装饰，设置健身器材，还建了休闲凉亭……

这是安坪村，田好、水好、人户集中。四周一圈青山拥着中间的平坝，像一只大碗，碗大有福，所以以前这里一直号称"福窝子"。双龙全镇打造福文化，安坪村倒可以说是其福之缘起、源头。

现在，福窝子的核心位置，倒像是这古树和树下人家。

过路的人，谁都愿意在这里驻足停留一下。我们二十几人看了鱼头湾转到这里，人人欢欣，拿着手机，对着树、水、房屋和远处的风景拍个不停。

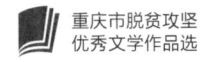

平房里出来一位妇女，四十来岁，身材适中，穿戴整洁，脖子上露出亮色的衬衣，领口扣得严严实实的。她端着一把椅子，亲切而热络地招呼大家："你们坐嘛。"重新进屋去，搬出椅子、凳子来，搬了好几趟，在树下摆了一圈，又搬出茶几，沏了一壶茶，拿了杯子出来。对着没有坐下的人，她又再三地招呼："你坐嘛！"盛情难却，再不坐下就有些失礼了。她那亲切的笑容透着清澈，似乎又还藏着一点拘谨。的确，有时候，过分的热络，其实就是拘谨。这个女人，莫名地让人生出一种怜惜。

一会儿，一个男人骑着摩托，开进门前院坝，利索地下了车，掏出烟来，向围坐的客人依次递烟。他就是我们专程来访的"古树人家"的老板，小时候右侧脸颊被汽油烧伤，留下疤痕，人称"疤哥"，他的本名，贺成双，叫得却少。

疤哥自己也点了烟，讲他的传奇。小学毕业的他，14岁出门闯荡江湖。那是真的江湖，少不了逞强斗狠。但是，因为脸上有疤，特征明显，他总不出场，一起的兄弟也不让"疤哥"出场。疤哥爱赌。赌几乎成了他的性命。晃荡二十多年，终于混不下去了，不得已回到双龙，他买了一辆三轮车，走村串户，做些小买卖。认真跑两个月，挣到一两千块钱，禁不住赌瘾发作，输个精光，又接着跑三轮，如此反复。

一天，在村里遇到她——他的妻子，他喊："上车嘛，我带你。"这之前，他是认识她的。他还特意跑到她家里去看过她，因为有亲戚给他出主意，说可以把她"说过来"——娶她为妻。他去看她，她容貌姣好，然而到底是曾经受过刺激，确有精神病人的样子，他心里不情愿，于是说："过一两年再说吧。"真是过了一年，他在路上遇到她，她还没有定亲，"还给我留着的"。一喊，她也似乎认出他，一笑，毫无戒备地、麻利地上了车。他的心，一下子软了。很快，就把她"说"过来，结成夫妻，选在重阳木旁，借钱建

28

了一层平房。

到这时候，他的赌瘾，还是戒不掉。直到孩子出生，家里3口人，肩上的担子让他再也不能赌下去了。而且她的病，因为照顾小孩，又因为家里穷，一着急，就要发作。跑三轮，越来越不是个办法。

脱贫攻坚驻村第一书记程浩来到重阳木树下，帮他出谋划策，知道他曾经在外面摆过烧烤摊，程浩提出：这里当道，有古树，有水，有风景，可以办个农家乐。

"哪个来吃？"疤哥满是怀疑。

"开头吃的人少，但高速公路通了之后，双龙就是县城的后花园，多少人要来吃呀！"程浩分析。

疤哥动了心，立刻跑到县城学习烤鱼技术，回村就办起了以烤鱼为主的农家餐饮店。这是安坪村里第一个农家乐，也是目前安坪及附近几个村唯一一个提供餐饮的农家乐。来往的零星游客、下村工作的干部、村里搞项目工程的工人，都有了吃饭的地方。疤哥其实是个用心的人，办起农家乐，他就一定要把味道搞好，把服务搞好。渐渐地，"古树人家"的声誉起来了。尽管高速公路还没有开通，但慕名前来吃饭的客人却明显地一天天增多。就是疫情暴发，他都还有生意做。因为，他也实行了电话订餐、送餐上门的服务。农家乐开办的第一年，就挣到2万元，第二年，房子加盖了一层，另外还挣了3万元。

他的妻子，因为家庭生活条件改善，精神状况也大为好转，完全看不出病人的样子了。

疤哥的传奇、一个家庭的传奇，如同波涛翻滚的海浪归于平静。疤哥重新点燃一支烟。看着刚刚进屋去的妻子的身影，小声地告诉我们："生活好了，她是正常了，但还是要蛮注意。她是什么事没做好，你吼她吵她两句都可以。你是不经意随随便便说句话，

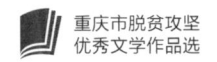

她倒可能记到心里去，就要发病……"话语中透着关切和怜惜。

他的妻子，重新提了茶水出来，让我们劝着，也坐下来了，就坐在那儿，安静地，含笑地，认真听着别人说话，时不时凝望着丈夫。

现在，疤哥作最后陈述了。他说他要感谢很多人，市里的马部长、市作协下派干部陈飞书记，还有镇里的、村里的干部，都帮了他，帮了不少。"最感谢的，是程浩。"疤哥反复说，"没有程浩，就没有'古树人家'这个农家乐，就没有疤哥全家的今天和明天。"

时近正午，阳光从重阳木树茂密的枝叶漏下来，落在人身上，有些晒人。树荫慢慢移动，移向平房顶上去。远处平旷的农田刚刚栽下一些葡萄小苗，远望去也看不出什么效果，阳光下红色的土地一派闪亮，是一个农业公司在这里投资，流转了300亩土地，规划发展大棚樱桃、草莓、葡萄，要卖巫山品质最好、当然也是价格最高的小水果，并同步发展生态农业观光旅游。等这个农业项目搞上路，疤哥的农家餐饮，肯定也是应接不暇的。小溪流水，古树人家，浪子回头，夫妇恩爱，在"福窝子"核心位置，这是多美的一幅现代乡村图画。我们坐在图画里，慵懒地，有点不想动了。

我问疤哥的妻子："如果满分100分，你给疤哥打多少分？"

她想了想，说："90分。"在疤哥和众人的笑声中，她也大声地笑了。她那亲切的清澈的笑容里，此刻，是一丝拘谨也没有的了。

人物档案

高青，1953年9月出生，中共党员，重庆市巫山县抱龙镇洛阳村6组村民，贫困户。

家园

河叫大河，位于抱龙河的上游，东西走向，有一条小溪从西北向插进来。两水交汇，这里就成了一个三岔口。村子就在三岔口上。

河水清冽。看到这样的水，不管怎样的人，总会忍不住做点什么。要么捡起一个石子，丢到水里去，看见水花溅起，好像就达到目的。这河往前，超过十里，一户人家都没有。水过十里自然清，所以，真喝了这水下去，应该也不会坏事。名字虽然叫大河，是同旁边的小溪相对而言，其实水量不大。一河的水，平缓处都是浅浅的，挽起裤腿便可轻轻松松过了河。有大石头的地方，水流冲刷，便形成小潭，有幽蓝深绿的颜色，仔细看时，也看得到底面的砂石，不像一望无底的深潭那么恐怖。村里的人便爱在这些潭里戏水游泳。没人下河的时候，便有人站在大石头上钓鱼。他们总是以为，大石头下面一定是住着大鱼的。

河两边的山高耸着，挤压着。村子这面叫令牌岩，大河对面叫马落岩，传说一个将军行军到此，不留神连人带马摔下了悬崖。人在河谷里走，更觉得幽深静谧。以前，河谷有一条土路。后来土路改成了公路，先是石子路面，跑了很多年；大概有两代人的时间，铺成了水泥路；又过了些年，要发展旅游，路就进一步提挡升级，油化了。青山绿水中间，一条黑油油的沥青路真是漂亮极了。不说

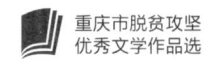

车子跑，就是人走着，好像也觉得有一点弹性，走着格外舒服一点，不像水泥路那么硬，走不多远人就累得不行。这条路，其实一直是一条大路，包括在它还是土路的时候。往前拐两个弯，再走上几公里，就是湖北建始县境了。

湖北那边的村子叫火龙村。重庆这边的村子，叫洛阳村。

作为一个行政村，洛阳村面积有九平方公里，人口有667户1723人。

河边三岔口这个两三百亩的聚居区，只能算是洛阳村的一小块儿，却是人口最为集中的一块儿，属于6组。

这里已经形成一个小集镇的模样，有上下两条街，180多户，两层、三层的楼房密密地排过去，都是墙挨着墙，能不留缝隙就不留缝隙。有村委会，有学校，有卫生室，有几十家各类门市，卖烟酒副食，卖小五金、肥料、饲料等等。

起初，这里只有两户人家。公路通了，才慢慢从本村其他地方迁了人过来，也才慢慢形成今天稍微有些热闹繁华的样子。

高青就是从别地迁来的一户。他家本来是住在令牌岩半山腰一个叫桐麻坪的地方。六年前，从亲戚手中买了街尾一块靠外坎的坡地，连同女儿、儿子各自的户头，共3户6口人，一起合建了三层的楼房。他迁得算比较晚的，地价已经很贵，虽然是亲戚的地，讲了人情，也还付了一万块钱。易地扶贫搬迁，按人口补助，不再居住的老屋则进行了宅基地复垦，又有补助，两项补助加起来，共计十万余元，为建房节约了一大笔资金。

儿子前年患肺结核，经免费治疗痊愈后，又回广州打工去了。女儿一直在广州打工。姐弟俩虽并非同一个厂子，但毕竟在同一个城市，能够相互照应着。孙子到了读书的年纪，儿媳妇就在镇上租房子专门带孙子。街对面就是小学，设备设施很好，环境很漂亮，是远近最好的村校，可儿媳妇还是执意把孙子送到镇上读书。讲教学条件、教学质量，镇上的中心校肯定比村校好，那是不用怀疑的。现在哪里不是这样呢？只要家里条件稍微好一点，总是尽力把娃娃往好的学校送。村里的家庭把娃娃送到镇上去读书，镇里的家庭把娃娃送到县城去读书。县城的家庭呢，会把娃娃送到大城市去读书。对此，老两口也没有话说，肯定是最大程度地给予支持。所以，三层的大房子，常住在里面的，只有高青和妻子两人。

高青当过兵，每年有六七千元的复员军人补贴。他身体尚可，只是随着年纪增长，慢慢地有些老毛病，腿脚不那么灵便。妻子的毛病要重一些，患有脑血栓，经常会发晕。

家里经济并不宽裕，因建房欠了账，村里给高青安排了公益岗位，让他担任村社道路的护路员。他负责从村委会上行到桐麻坪方向的一段公路，2公里，工作量不大，平常这路上也干净，只有少量的泥巴、石子，落一些枯枝败叶，一把竹扫帚就解决了。下雨之后就会辛苦很多。这里坡陡，土质疏松，一下雨，百分之百地有土石垮塌，少的滚几个石头、梭几撮箕泥巴在公路上，多的就有一面坡的塌方，把公路堵死。雨过天晴，就是高青和妻子最忙的时候。他俩带着䦆锄、撮箕、扫帚，沿途清理路面和排水沟。垮塌的土石方太大，就尽力刨一条便道，能让村里最多的摩托、三轮车勉强通过，同时报告村委会，让村里喊挖机来操作。

自己负责的这2公里社道，他一定尽最大努力保持它的干净和通畅。他要让村里人从这里走过的时候都在心里说：到底是老高养护的路，走起舒服！

认真、负责，这是他的作风。

他家房子洁白的瓷砖外墙上，贴着"光荣军属"牌，还贴着"清洁户"的牌。进屋去，随时都是一尘不染、井井有条。整个家，里里外外，看着都爽心悦目。也就像他的人，穿得不怎么样，极尽朴素，甚至土气，但时刻都穿戴得整整齐齐的，有一种庄重、认真

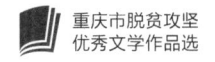

从衣服里面流出来。

在洛阳村，六百几十户村民都像高青家里一样爱收拾，讲利索。家家户户走进去，都是一个美丽庭院，让人看见想看见的风景，看见愿意看见的笑脸。

三岔口的这个小街，更是如此了。

这里当道，过了这个村就是湖北，所以，村民从来都是高看自己一点：洛阳村不仅仅是洛阳村，它同时代表着抱龙镇，代表着巫山县，也还代表着重庆市，是一个形象窗口。

一条小河串起的这两个村子——火龙村、洛阳村，不知道从哪一代人开始，就有一些姻亲关系，至今延续，感情是不一般的。两个村子也一直暗暗地比较着，不让你把我看差了。

火龙村不错，洛阳村，现在也赶上来了，尤其在乡村文化、文明方面，可以说后来居上了。

从脱贫攻坚以来，洛阳村支两委一直把乡风文明当成与基础设施、产业发展同等重要的大事要事，在弘扬当地热情纯朴的传统民风的基础上，大力践行社会主义核心价值观，加强文化功能配套，树立文明新风。现在，村里建起了文化墙，建好了文化一条街，开办了道德讲堂，还常年不断开展"十佳好婆媳""文明庭院""洛阳好人""清洁户"等各类主题评选、表彰活动，形成了向上向善的文明风尚。

全村三分之一的家庭都评上了这样那样的荣誉，有时相互较劲，说："我家又不差，某某都评上了，我啷个没评上？"在乎的不是那一袋洗衣粉、两块肥皂的奖励，而是把荣誉牌贴在家门口，把自己的大头像上到荣誉墙上的骄傲和自豪。

村民当着火龙村的亲戚、朋友，就可以理直气壮地晒开来："你们那里还兴整酒不？我们这里是不兴了的，孩子考学啊，当兵啊，搬家呀，这些都是无事酒，我们都不整了；我们现在评选文明庭院、清洁户……你们有评不？我们街上，大家随时都在扫，生怕自己门口脏了……"

走进洛阳村小街，只觉街道整洁，两旁的门店干净，都守秩序，不在门口随便堆码货物。探出门、占了道边空地的，是那一盆盆的花草——都是精心侍弄，长得繁茂。从早到晚，街上流淌着那大河里哗哗的水声。车辆偶尔的鸣笛，人们间或的高声说话，像是水流掀起了浪花，一下就碎了。每当傍晚，人们在各家门口摆着饭桌，或是端了碗，一边吃饭一边走去，见人打个招呼，不知不觉就端着空碗出了街。更晚一点，人们都走出屋来，在街上漫步，到休闲广场健身、跳舞。年轻点的，攥着手机，信着微信里那一万几千步的计数，不走到那个数便会不舒服，于是几个人一起甩着膀子，沿着公路一直往峡谷里面大步走去，像是要走到湖北那边去的样子。

过路的车辆多会在街上停一下，四面一看，在青山绿水中，这样的小街，安静得刚刚好，热闹得刚刚好，一切相宜。恍惚中，他们也许以为这就是自己寻觅的湘西边城了。

他们一定在街上碰到过这么一个人：长得清瘦，穿得朴素，但是一身整洁，从衣服里面流出一种端庄、认真来。

他叫高青。他是洛阳村的护路员。也是一个复员军人。

别看这小街居于省际边陲，好像偏远，其实，从旅游公路开通以后，要出门也是非常方便的。街上每天都有几趟公交车，是那种车身印有"村村通"红标的面包车，二十分钟就到了镇上；镇上可坐客班船，又可坐长途汽车到县城；到了县城，可坐长江的轮船，又可乘长途大巴上高速，还可坐飞机，以后还可以坐高铁，到全国各地都方便。

出门是这样可以说走就走，多么简单的一件事，然而，像高青，他是哪里都不想去。他就想待在洛阳村这个小地方。

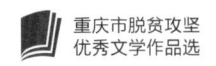

他庆幸在花甲之年搬下了山，住到了这美丽的大河边。每天，在劳动之余，他有足够的闲暇，走到街上，走到河边，去跟街坊闲聊，去看小孩、年轻人玩水……别人玩，他看着也就笑，好像自己玩了一样。这样清冽的水，真是玩不够。

年轻的时候，他常从这个三岔口的大路走过，背了洋芋到火龙村调换苞谷。那时，这里只有孤零零的两户人家。他搞不懂这两户人家是怎么想的，把家安在如此落窝、阴湿交加的地方。却没想到，由这两户人家，居然变成一个小街。又没想到，到老了，自己赶来这里，为这小街的热闹、繁华添了一份功劳。

人物档案

罗仕顶，男，1968年10月出生，重庆市巫山县邓家土家族乡伍绪村2组村民，贫困户。

贵人

盛夏时节，走进邓家土家族乡伍绪村，酷暑带来的烦躁立刻烟消云散。

这里海拔1700多米，森林密布。汽车随公路在林中穿行，凉风呼呼地灌进车窗，整个人舒爽得像要飘起来。

公路通往伍绪村海拔最高的一个居住点——大坪易地搬迁集中安置点，海拔1770米。它不仅是伍绪村，也是邓家土家族乡，很可能还是巫山山脉南麓这数百平方公里山区最高的居住点。以本村1社为主的34户村民因地灾避让搬迁集中安置到这里。1社所在的位置有煤，煤洞子挖了十一二年，把山挖空了，地面塌陷，几十家的房子成了危房，不能不避让搬迁。原先，这些户各自分散居住，虽然同在一个社，远的可能相隔一二十里路，串个门得走大半天。集中安置把大家拢到一处，格外地热闹起来。

安置点地势稳固，坐北向南，当阳坡，居高临下，视野开阔，连湖北那边一重重的山也看完了。选地方的人真是好眼光。

灰白的水泥公路在安置点拐了两道弯，房屋沿路摆布，比肩而立。房屋外观统一规划，家家都是二层坡顶小楼带院坝，窗户是半弧形，外墙刷以明快的黄、白色墙漆，屋顶盖着或红或蓝的琉璃瓦，大块的红、大块的蓝有所交错，颜色便丰富起来。安置点中心位置建有文体广场，靠边的位置建有垃圾房。公共区域栽种了花

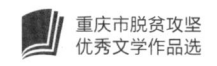

草，各家各户也都在阶前坎下、在院坝边种了花木。小朵的格桑花，大朵的芍花和牡丹花，小茶杯似的野棉花，还有君子兰、太阳花、夜来香，在8月的天空下竞相开放。白天，在满山苍翠的林海中，安置点像是画龙点睛的那一笔，整座山都活起来。到夜晚，公路边成串的太阳能路灯亮成S形，各家也开了灯，一朵朵黄的、红的灯火，把安置点装扮成了天上的街市，发出迷人的光芒。

远处看见的人，一定心生向往，要找机会走进她的怀抱。

当他终于来到这里，徜徉在干净的公路上，驻足于整洁的院坝，沐浴在高海拔山区所独有的凉爽宜人的空气中，一定欢欣雀跃，庆幸来对了地方。

接待他的，有自安置点建好的第一年就开张的几户农家乐。

避暑纳凉，就这么成了伍绪村的新兴产业，一年比一年兴旺。

以大坪安置点为核心，全村适宜区域共办起了8家农家乐，其中就包括罗仕顶家的背二哥腰栈。

两年之前，罗仕顶根本没敢想自己也会办起一个农家乐。那时，自己患病，两个女儿都在读书，有医疗精准救助，有各项助学政策，帮助解决了治病、上学的大问题，自己在家种几亩地的贝母，养了几头猪，在周边打些零工，妻子张国红在乡林业站帮忙煮饭，家里吃穿用度有基本的保障，达到了脱贫的标准，但也仅此而已。从记事的时候起，家里总是捉襟见肘，日子过得紧巴，这不一直都是这样吗？老老实实地干活，尽力把生活维持下去，让两个女儿长大，送她们读完她们能够读到的书，让她们找到工作或是嫁人，这就是夫妻俩的想法。至于越过贫困线之后，生活究竟应该怎样、能够怎样，他们从没去想过。他们不敢想。

眼看着大坪集中安置点一天天建好，原来那些跟自己条件差不多的贫困户都借搬迁改善了居住环境，原来的土墙屋一下子换成了小洋楼，房前屋后都像花园一样，一到晚上路灯就自动点亮，大家在广场开了音乐跳舞，过上了城里人的生活……夫妻俩充满羡慕，只可惜自家房子离煤矿远，没有成为危房，不然也能享受地灾避让搬迁就好了。

眼看着村里的土石路从大坪安置点硬化下来，从自家门口一直往前都硬化了，都快形成了环线；交通一好，天气一热，巫山、建始城里的游客开着车一拨接一拨钻到伍绪村来，大坪安置点的农家乐忙得不可开交……夫妻俩只恨自家房子比大坪低了一百多米，而且单家独户，藏在森林中间，站在大坪连房顶都看不到，不然也许会沾一点大坪的光，向游客卖点牛王豆、干洋芋果也好。

张国红在乡林业站帮忙煮饭。林业站的工作人员、来林业站食堂吃过饭的领导，都对张国红说："跟你老公说，你们也办一个农家乐嘛！"

说的人多了，分明地，大家都是认真的意思，并不是开玩笑，张国红便说："我们哪里有那个条件。"

"要什么条件？"

"我们房子也没得，位置也差。"

"讲房子，光你们家那个老房子，肯定是不行。讲位置，大坪当然很好，而且农家乐集中，有规模效应，你们家位置比大坪低一点，但海拔也够高了，也是够凉快的。而且你们可以说有特殊优势——独家独院，一片山就是你们一户，最安静。"

还有人说："张国红你不要忘了，你煮了那么多年的饭，有手艺，这是你们最大的优势呢……"

张国红心动了，回家跟罗仕顶一说，罗仕顶也觉得有道理，有搞头，可一想到去年的情况，顿时又心灰意冷了。去年家里申请了2万元政府贴息的小额信贷，养了14头猪、20多只羊，没料到养着养着，猪一下子死了11只，跟着羊子也起症死了几只，一下子血本无归。从那之后，一说到要投资，花钱超过1000元，罗仕顶就会

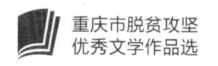

害怕。

"莫想了，我命里不带财！"罗仕顶说。

是呢，开农家乐就得建新房，光建一个房子就要20多万块钱！最根本的条件是钱，钱从哪里来呢？……张国红想着，想不下去了，也就再也不提开农家乐的事了。

一天，罗仕顶在树林里拣了一捆柴背着往家走，路上遇到一个游客，提着相机四处咔咔咔，看见罗仕顶背柴，很感兴趣地说："我拍一下你。"罗仕顶一笑，说："随便拍。"

没想到这位游客一路跟拍到家里来了。攀谈起来，原来前两天罗仕顶在贝母田里除草的时候，遇到几位散步的客人，其中就有他，相互见过的。罗仕顶只觉得这位客人气度非凡，谦和可亲，却没想到，这人就是他命中的贵人。

张国红回家来，收拾了一间屋子，贵人住了两天，临走，对夫妻俩说："你们的为人，我了解了。两个人恩爱和睦，蛮好蛮好！家里有困难不要紧，只要自己肯干。想开农家乐，你们这个地方也蛮好。这样吧，我来找几个朋友，支持你们一下……"

贵人走了，回重庆主城去了。没过多久，果然有不认识的人分别汇了2万、4万的钱过来，共计18万元。贵人打电话叮嘱罗仕顶用12万元建房子，用6万元种植贝母，怕他有压力，还再三交代：建农家乐的钱，无偿支持；发展贝母的本钱，有了效益就还；总而言之，这一笔钱，仅仅代表着一群对巫山有着特殊感情的人对巫山的一种回报，罗仕顶千万不要有什么心理负担。

那是2018年的上半年。在驻村工作队干部、结对帮扶干部和乡、村干部的支持、帮助下，罗仕顶的农家乐迅速走完申请、规划设计、用地许可等程序，利用贵人资助的资金，加上重庆市"森林人家"和巫山县乡村旅游扶贫政策扶持的8万元资金，很快建好两层楼的新房子，开设1个单间7个标准间，共14个床位，每个房间配备独立卫生间，热水器、电视、网络等一应齐备。土墙老屋也加以改造，作为厨房、餐厅。整修了院坝，可供停车。

农家乐只差一个响亮的名字了。罗仕顶请贵人帮忙取名。贵人说："我遇到你的时候你背一捆柴，那个形象很好，你就是一个背二哥。农家乐就叫背二哥腰栈吧。"

当年8月初，背二哥腰栈正式营业了。

两年来，罗仕顶、张国红时刻牢记贵人的指点，坚持诚信经营、热情服务，像两口子做人一样经营着自己的农家乐。这里没有奢华，没有铺张，一切健康自然、简朴舒适。吃的都是新鲜的、绿色的，都是自己田里种的，或是树林里生的。老板娘拿手的就是地道家常菜，样数不多，但保管你喜欢：酸辣土豆丝、干洋芋果炖腊猪蹄、蜂蜜嫩苞谷、凉拌牛王豆、爆炒枞树菌……

除了这一位贵人和他的朋友，实际上还有很多人都在热心地帮助背二哥腰栈。邓家土家族乡脱贫攻坚指挥部的领导，驻乡工作队的干部，以及作为邓家土家族乡的帮扶单位——县林业局的干部……为了这个农家乐的建设和经营，他们都像自己开的农家乐一样，帮忙跑手续、买材料、做宣传，为农家乐招来一批又一批客人。没有这许多人共同的支持和帮助，背二哥腰栈的发展一定不会这么顺，生意一定不会这么好。

他们都是罗仕顶的贵人。

背二哥腰栈已经小有名气，常年游客不断，在避暑纳凉最红火的7、8、9三个月，必须提前预订，不然就会一床难求。

罗仕顶算了一下，两年来，农家乐的纯收入已经超过10万元。

贝母的行情最近两年不好，罗仕顶种得少。如果行情变好，他起码要种上10亩。不仅在农家乐上有效益，贝母也要有效益，那是贵人对他寄予的希望……

盛夏时节，1700米的伍绪村，一定是充满诱惑的。

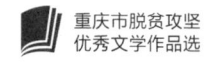

到了伍绪村,到了大坪安置点,如果你还想独寻一份幽静,想听见松涛,听见鸟叫,想睡觉的时候在枕头上就闻到高山草木的香气,那么,沿着公路往下行驶三公里,遇到第一个岔路的时候,向下,穿过茂密的落叶松、油杉树林,大概500米,出了林子,看到山窝里唯一的院子,路旁立着招牌,就是那儿了:背二哥腰栈。

你在院子里停了车,看见迎出门的一位四十多岁的妇女,有一张不施粉黛的雀斑脸,憨厚地咧嘴笑着,她就是这里的女主人:张国红;一会儿,看见从田间摘了菜回来的一位中年男人,也是一个模子的憨厚笑容,他就是罗仕顶。攀谈起来,你也许听到罗仕顶告诉你一个他的秘密:他命里带贵人!

人物档案

彭时春，男，1955年2月出生，重庆市巫山县官阳镇老鹰村4社村民，肢体二级残疾，五保户。

愿望

在官阳镇最高最偏的老鹰村，在老鹰村最高最偏的杨家槽，要说哪一个最开朗乐观，哪一个哈哈打得最真最响，估计人们都会不约而同地想起一个人：彭时春。

他是特困户，活到六十几，一直有一个愿望：想到官阳街上去看一下。

因为腿脚不便，他从来没有出过门。

从小，彭时春因小儿麻痹症成了肢体残疾人，双腿膝盖以下严重萎缩，脚掌外翻，身体屈曲着，走路就拄一根拐棍，走得费劲。

他和哥哥彭时安住在一起。哥哥从小脑筋有点问题，但能干活，看见任何人，都是眉目含笑地，像小孩一样地信任你，随时准备着服从于你的任何指示，为你赴汤蹈火干任何事情。父亲死得早，母亲也离世以后，两兄弟就一直相依为命。一般彭时春负责动脑筋，拿主意，比如管钱管物、买东买西、掌勺炒菜，以及待人接物、发表意见等等，他嗓门大，乐观豁达，很得人喜欢；哥哥不能动脑筋，主要就负责落实彭时春的指示，两人一起劳动的时候，他就全力配合，充当重体力劳动的那一角。几十年，兄弟俩谁也离不开谁，互相依靠，倒也和睦、安然。

兄弟俩住在一个偏屋里。一个大间，大白天进去也是黑乎乎的。房屋中间吊着一颗灯泡，灯绳比着兄弟俩的身高，吊下来很

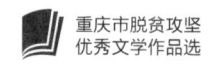

长，第一次进屋的人，不小心就会撞到头上。在昏黄的灯光下适应一会，便看见屋里的摆设。有两把椅子，有一般农家都有的农具，倒也收拾得整齐。靠里的角落有很大的一台土灶，两口大锅，既煮人的吃食，也煮猪的吃食。对着门的后墙上开了一个洞，也是比着兄弟俩身高开的，也是黑咕隆咚的，拉一下洞口的灯绳，可以看见洞里是一个小间——原本是搭建在偏屋旁的废弃的烤烟房，满屋支着一个床铺，团着被窝。这是哥俩一起睡觉的地方。杨家槽不仅在老鹰村，在官阳镇都是海拔最高的居住点，冬天要垫两三个月的雪，三伏天，白天无论太阳多大，晚上睡觉都得盖棉被。哥俩的这个被窝，看起来倒也暖和。

事实上，兄弟俩一直过得很好。在小小的杨家槽，每天都能听到大嗓门的彭时春放炮一样地开怀大笑——"哈哈哈……"笑声在两座山头中间回荡，多么明亮、率真。

2017年底，兄弟俩住了几十年的这个窝棚被挖掘机三两下就给铲掉了。石头、渣子扒拉到一边，偏屋旧址变成一块肥沃的耕地。

从窝棚向北平移100米，村里为兄弟俩建了新屋。那是为易地扶贫搬迁集中安置所建的一排房屋，最边上的一套，40平方米，前后两间，就是兄弟俩宽敞明亮的新居。在老鹰村公路修通之后，此地作为老鹰村三个集中安置点之一，又增建了一批搬迁安置的房屋，总共达到32户。

政策落实下来，搬到新屋，兄弟俩不仅没花一分钱，反而还多了10000余元的存款。

一直以来，兄弟俩都可以说不差钱。

他们是五保户，每年各项补助加起来，彭时安可领12800元，彭时春可领11800元。

关键是兄弟俩虽然各有残疾，但人勤快，种着2亩地的粮食和瓜果蔬菜，年年喂一头猪，除开买米买油，钱都没有花处。

亲侄儿彭显友的儿子考上大专，彭时春感觉彭家有光，支持10000元，作为对侄孙的奖励。他还对侄孙说："只要你读书上进，家里困难，两个爷爷每年都支持！"

说到做到，侄孙大学三年，彭时春代表兄弟俩共支持了3万元。

搬到新屋，里里外外换了新的家具、器物，买了新电视，兄弟俩还有好几万元的存款。

一直以来，彭时春有一个愿望：要到官阳街上去看一下。

从小腿脚不便，出门就是山路，彭时春几乎从不出门，不要说官阳场镇，就是老鹰村村委会都没去过。住进了新屋，生活已经很美好，可是去不了官阳街上，美好的生活好像总差了那么一点。

这个愿望的实现，只等着官阳场镇的公路修通。

不仅彭时春，不仅杨家槽，全老鹰村225户700多口人，都盼着官阳场镇通公路呢。

这条路其实一直在修，可是修了十六七年都没修通。资金的紧张，沿途清一色的青石头硬山，更有几面山的悬崖绝壁，修路真的是难，还死了两个人，十六七年都没修通也的确是有原因的。

彭时春曾经当面询问驻村干部刘典元："刘镇长，我这辈子还能不能看到通路哦？等路通了，我想到官阳街上去看一看呢。"

刘典元回答："就为了让你到官阳街上看一看，我也要努力地、尽早地把这条路修通。"

彭时春就开怀大笑："刘镇长是好干部！哈哈哈……"

其实，彭时春也知道，这条路也就剩下中间一段连接道没修了。那地方叫轿子石，最危险，最难修。

他不知道的是，县委、县政府主要领导已经多次到官阳镇老鹰村实地调研，组织县交委、扶贫办等部门单位召开现场会，研究推进老鹰村公路建设。

住进新屋的第二年，5月底的一天，集中安置点院坝来了一

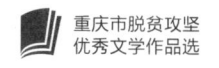

辆车。

　　这天，轿子石那段连接道终于修通。刘典元特意委托镇安监办的工作车把彭时春接上，好让他实地走一走初通的老鹰村公路，感受通车的喜悦。

　　第一次，彭时春走出杨家槽，走过轿子石，来到了村委会。

　　"哈哈哈……"一讲起这天的经历，彭时春就喜不自禁。活了大半辈子，已经六十多岁，他还没有这么开心过。

　　又是两年过去，老鹰村公路全程硬化，并安装了防护栏。不仅官阳场镇到老鹰村往返的车辆增多，临近巫溪县往返官阳镇的车辆也多了不少，即或暂时没有开通农村公交，彭时春搭别人的便车到官阳场镇也是非常方便的。

　　从公路通车以来，彭时春每年都要到官阳场镇两三次。到了街上，去民政办办理养老保险，又去银行取点钱，然后在街上转一转，看看热闹，顺便理个发，吃个馆子，从馆子出来又去超市给哥哥买点好吃好喝的……

　　也就是这两年，老鹰村的变化比以前20年的变化都大。以前，老鹰村225户人家只有两栋砖房。如今，老鹰村已有70余户住进了新建的砖房，以前搬离老鹰村的村民也渐渐搬回村里。老鹰村已有10余户人家购置了汽车。彭时春的邻居代光华就是其中之一，他在公路刚通的那一年考取了驾照，跟着就购买了一辆小型客货两用车。

　　路一通，感觉村里什么东西都值钱了。以前，鲜党参在市场上的行情每斤5元左右，但在老鹰村却只能卖到每斤2元。现在，官阳场镇鲜党参什么价，老鹰村便是什么价，一分钱不会少。村民种植中药材的积极性起来了，土地租金便也跟着涨，从原来每亩300元涨到了现在的500元以上……

　　是呀，这大山里哪样不是宝？路不通，再好的宝贝不值钱，路一通，不起眼的东西都成了让山外稀奇的宝贝。

"哈哈哈……"在老鹰村最高最偏的杨家槽，彭时春笑得更加开心了。

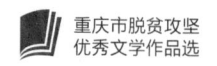

人物档案

王兴富，1969年12月出生，重庆市巫山县骡坪镇凤岭村4社村民，贫困户。

发狠

"我现在主要做房屋防水，所以住在场镇上。凤岭村的老屋还在，原来一直请的两个人在放牛……"

王兴富说着，带我到他现在的家里去。他长得精瘦，个子本来就矮小，走路还微微地弓着背，更加地显出一种谦逊和低调。

三年之前，我在凤岭村见到他，他还是一个不要命地种地的农民，现在，他像一个不要命地揽做小工程的小老板了。

说老实话，我很少遇到过像王兴富这么干事发狠的人。

他的发狠从第三次坐牢出来开始。也可以说，在这次坐牢，还在监狱里的时候，他就开始发狠——立志重新做人。前两次坐牢，他无所谓，继续混社会。第二次出来，只隔了几个月，又进去了。那时他已经36岁。他突然醒过来，觉得再这么混下去，一辈子真完了。于是在监狱卖力地劳动，打着笑脸做人，努力地挣表现，最后减刑8个月，提前走出监狱回归正常生活。

临走，监狱的管教对他说："王兴富，把你那股狠劲用在正途上，一定能干出一番事业！"

这是一位好管教。王兴富一辈子记得他的期望和勉励。

出来，王兴富已经40岁。从韶关监狱回到离开了二十几年的老家巫山，第一站是到县人民医院，看望生病住院的哥哥。哥哥大他几岁，喝酒太厉害，早不早地把自己喝成了肝癌晚期，已连下几次

48

病危通知书。两个月之后,哥哥去世。

从县城回到骡坪镇凤岭村,隔壁邻居家热热闹闹,正在办喜事。走进自己家,一座老瓦房,瓦片残缺不全,土墙被雨水冲刷得沟壑纵横,这是要倒的房子呀。父亲已于几年前病逝,破败清冷的屋里,只有骨瘦如柴的母亲一个人坐在那儿,木呆呆地,正为拿不出人情钱发愁。

王兴富一下子跪倒在母亲面前。

母亲没有反应过来,吓得要躲。

王兴富抱着母亲的腿,号哭着:"妈,是我,你的幺儿。"

母亲摸着他的头,哭着说:"富娃子,你出来了?"

"我出来了。妈,富娃子发誓,再也不进去了!富娃子要养您的老,让您老人家晚年享点福……"

一无本钱,二无手艺,在家干点什么呢?那是2010年,村里的年轻人、壮劳力还是以外出务工为主,耕地种不过来,撂荒的不少。王兴富就打定主意:种田,养猪。这两样投钱少,只是人辛苦。

王兴富以前在村里的时候,可是出了名的"毛桃子",打架扯皮少不了他。现在坐牢出来,走正道,一心干正事,镇、村干部当然尽力支持和帮助。在他们的协调下,王兴富家周围所有撂荒的耕地,共60多亩,都无偿让给他种。没有本钱买猪崽,他一开口,几位朋友为他凑了5000元,就买了22个猪崽。

虽然从小在农村长大,但王兴富十六七岁就离家,几乎没种过田没喂过猪。你说你走正道,干正事,你慢慢来嘛,想一口吃个大胖子,可能吗?村里人都劝说王兴富,又是田,又是猪,摊子都那么大,一个人是搞不过来的。

面对大家的关心和疑虑,王兴富总是回以轻松的笑容,说:"不怕,搞了看看。"

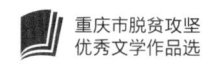

22个猪崽成了王兴富的命根子，生怕它们饿了病了，服侍猪儿，他比服侍自己还要周到。

每天天不亮，全村的人都还睡着，王兴富起床了。第一件事，就是煮猪食。

一会儿，母亲也起了床。她虽然年过70，但身体也还硬朗，她煮了饭，两人吃了。吃过饭，王兴富就扛着锄头，背着背篓、竹筐出门挖田种庄稼。背篓里放着水和吃食，供他中午填肚子。他在田里一直忙到傍晚才回家。回家就煮猪食喂猪。猪吃了，他才吃晚饭。吃过饭，就准备第二天的猪草。到晚上，全村的人都睡了，他还得忙着，不到十二点钟，不会睡下。

半年过去，22只猪顺利出栏，卖了两三万元。还了哥哥去世后家里的欠账，他把剩下的钱全部投入进去，建起100多平方米的圈舍，跟着又买回来50多只猪崽。

为了节约资金，王兴富喂猪一直只喂青饲料。青饲料就从他耕种的60多亩田里出。红苕藤、洋芋藤，都是极好的青饲料。

农历4月栽苕秧。苕秧嫩，不及时栽到田里，水分流失，就会凋萎，栽了不容易成活。60多亩田套种红苕，苕秧得有14万多根，不说一根一根栽到田里，只在手里过一遍，就得多少时间！那几天，白天栽，晚上栽，不管天晴下雨，他头戴矿灯，猫着腰，不停地劳动，两只手又黑又皱，僵硬变形，像抓了煤的鸡爪，伸出来都吓人。

农历6月到7月，红苕藤子疯长，就要翻苕藤，不翻，苕藤一路扎根，每一个根须都可以生出小苕，就会造成主根块的营养流失。这时猪也在猛长，吃得多。翻苕藤的同时就顺便摘除一些多余的藤条，一捆一捆地背回家作为青饲料。

白天忙不完，晚上头戴矿灯接着干。不知多少次，干着干着，他倒在苕藤上睡着了。

红苕长大了，野猪也来了。有一天晚上，听见远处野猪拱得起劲，王兴富摸黑悄悄走过去。走拢就突然把电筒一开，同时高声吼叫，吓得野猪惊慌逃走。其中一只慌不择路——也许是被激怒之后蓄意攻击，直对着人影猛蹿过来。王兴富身体一闪，野猪飞下了田坎。只差那么一秒，就被野猪撞上了。

50多头猪，每头喂到两百来斤，一天的青饲料就需要1000斤以上。田里的青饲料接不上，就到野坡打猪草。光把这1000多斤猪草弄进屋，剁好，一桶一桶端到猪圈，分配给每一头猪，劳动量就不小。

王兴富是要把以前混社会荒废掉的时间都赶回来，硬是一个人干了三个、五个人使满力在干的事。

看到以前不好惹的"毛桃子"王兴富真是在拼命，人也大方、爽快，看见的时候从来都是满面笑容，并不是沉闷死气、苦大仇深的样子，周围的邻居、同社的村民，都愿意跟他打交道，常常自愿在他忙不过来的时候帮他一下。

栽苕、挖苕、种洋芋、挖洋芋、收苞谷，这些最需要劳力的时候，田里自然而然就会多起人来。甚至，他们自家的田不种不收，先来帮王兴富种了收了。最多的时候，一天来了8人，王兴富请都没请，他们就自己来了，干了活，饭都不吃一顿，水都不喝一口，又走了。

"有一次，我去田里薅草，走拢一看，田里已经薅完了，都不知道是哪个帮的忙。"

镇村干部、同村群众、朋友的支持和帮助，王兴富也是一辈子记在心里的。

"2011、2012、2013，那三年，是我最苦最累的三年，也是我种植、养殖业迅速发展的三年。2012年9月的一天，我挖苕到粉厂卖，一天卖苕4万多斤，0.35元一斤，卖了1.5万元。从朋友帮衬

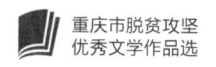

5000元起家，我通过第一年的22个猪崽，不断滚雪球，半年翻一倍，到2013年，出栏生猪200多头、羊40多只，加上种地的收入，一年总收入达到20万元，当年就翻了身，家里还小有积蓄。"

有了钱，他就在骡坪场镇买了房子，做了装修，把老母亲送到场镇生活。

老人家现在80多岁了，身体健旺，在场镇住了几年，还是回到了凤岭村的老房子，住回去了。

"随她，她想住哪儿就住哪儿。"

王兴富实现了10年前对老母亲的承诺：老母亲的确享到福了。

他的事业其实并非一帆风顺。2014年，他开始缩小种植规模，重点发展养殖。这一年，他养猪300多头，养羊90多只，不料当年生猪行情下跌，又发生疫病死去90多头猪，算下来，辛辛苦苦一年，反而亏了五六万元。他因此又成为建卡贫困户。

哪怕吃了亏，王兴富却没有停下脚步。

2015年，他出栏生猪100多头、山羊100多只。

2016年，他出栏生猪80多头、山羊100多只。这一年，他彻底脱贫。

2017年，他出栏山羊100多只、黄牛20多头。

2018年，他请了两位村民放牛放羊，出栏黄牛23头、山羊160多只。这一年，一个比养牛更赚钱的新的业务吸引了他。他开始做房屋防水。第一次入狱之前，他曾经在广东跟过一个做防水的师傅，当小工打下手干过几个月。他发现骡坪场镇商品房迅速增多，但防水施工一般是瓦工、水电工代做，专业性不够，防水施工质量不高。他对防水材料、配料以及施工流程、工艺要求不断琢磨，在自家卫生间反复试验，把装好的卫生间拆掉，做一次防水，然后拆掉，重新做，再拆，再做，直到卫生间关水三天，毫无渗漏。从此，他就开始揽接防水业务。每家施工前，他会主动跟顾客签订服务质量承诺书：本人王兴富，家住巫山县骡坪镇凤岭村四组，身份证号……本人承诺：若您的防水在15年内因施工或材料质量造成渗漏等问题，接到电话后2天内必须上门免费维修……承诺书签字画押。就这样，凭借过硬的施工质量和诚信服务，王兴富后来居上，很快抢占了骡坪场镇房屋防水市场。镇政府今年建设的一批保障房，共250多套，共有22000多平方米的楼顶防水，由他承接业务。他带领16名工人，用了50多天完成施工，顺利通过多方检查验收。现在，他的业务并不仅仅限于骡坪场镇，就是巫山县城，也慢慢有人主动找他了。

2019年，出栏黄牛20多头，防水业务收入纯利润30多万元。

2020年4月，他已经将大小21头黄牛全部处理掉，以后就专做防水，把它做成一个全县都叫得响的品牌。

自己脱了贫致了富，王兴富也一直热心带动同村群众共同致富。对确有困难的村民，就像他们当初对自己一样，他也总是主动伸出援手，给予力所能及的帮助。受他的影响，也接受到他无偿传授经验、技术，周文明等本村的4户村民也搞起了生猪、山羊规模养殖。短短几年时间，生猪、山羊、黄牛养殖成了全村的骨干产业，全村11户贫困户借以增收脱贫。

在骡坪场镇最先买的让老母亲居住的房子已经卖掉，换了一套更大的房子。在场镇迎春街一套商品房的六楼，是他现在的家，178平方米，四室两厅，是母亲、嫂子——也是他的妻子、侄子——也是他的儿子、他自己，4口人的家。

侄子刚大专毕业，正在学驾驶技术，等他拿到驾照，王兴富会给他买一辆皮卡车。如果侄子没有更好的工作，王兴富希望带着他一起做防水业务，侄子也同意了。基本上，他提出的建议，侄子都会听。

"很听话，很懂事。"王兴富评价侄子。

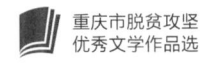

"他怎么喊你的?"我问王兴富,我想着应该是喊"叔叔"。

"他喊我老头儿。"

巫山的方言,对爸爸,喊得亲热点儿,就是喊"老头儿"。

王兴富自己结过婚,还没坐牢的时候,打工认识了湖北黄石的一个女孩,两人一起生活,虽然没领结婚证,但生了一个男孩,比侄子还略大一点。自己第三次进监狱之后,两人就失去了联系。看到王兴富改邪归正,发狠干事,也干出了名堂,很多亲戚朋友给他牵线做媒,希望他重新成家,他一概拒绝了。

母亲年老体弱,嫂嫂患有癫痫,哥哥死的时候,侄子只有11岁,这个家,只有靠他。

"我不能让这个家散了!"他这样说,就跟嫂嫂合了家。

现在,这个家不仅没有散,而且已经靠着他的"发狠",过上了小康生活。

在王兴富的计划里,家里未来的事业,首先是把防水作为主业,作为一个地方品牌发展好——过两天,他就要到县城参加县里举办的建筑工匠培训,这是凤岭村委会为他争取的机会,他会珍惜,认真参训,争取拿到由重庆市住建委制发的"工匠培训合格证",那样他的防水业务以后一定更加专业;其次,他想利用凤岭村留下的猪圈、牛羊圈规模养殖土鸡,这比养牛养羊的工作量小很多,嫂子和老母亲在家就可以照管好。

他还计划着,在今、明两年内,把一家人带到北京去旅游一次,让老母亲有生之年看看天安门;再过两年,经济等各方面条件更好了,他会主动联系一下自己的亲生儿子,希望弥补一下做父亲的责任。

这个小个子男人的心里,对远方的一个人或是两个人,始终还存着一份牵挂。

人物档案

刘忠培，男，1973年5月出生，重庆市巫山县骡坪镇大垭村5组村民。

造血

妻子吴忠梅一场大病，让这个家差点就完了。

吴忠梅头痛，在巫山多次检查，医生说脑壳里长了个包，嘱咐到重庆大医院复查。到重庆，确诊为脑膜瘤，做了伽马刀手术，却不成功。家里已经没有多的钱。一座刚建不久的两层楼房，挨着场镇不远，大概可以卖个几万块钱。刘忠培就准备卖掉房子，以便筹钱继续给妻子治病。吴忠梅还年轻，才三十多岁，两个孩子都还小，家里人都怕她死了，她自己当然更怕。庆幸的是，重庆市委宣传部扶贫集团帮扶大垭村，听说了刘忠培家的情况后，热心的领导帮忙找了医院，让吴忠梅住进去，又请了权威专家亲自开刀，施行开颅手术，割除肿瘤。这次成功了。

一切手术、药物、住院费用，没让刘忠培负担。回来，县扶贫办还给救助了2万元。

妻子的命保住了。两年过去，恢复得很好，头发也重新长出来，不掀开头发就看不到开刀留下的那一圈疤痕。一切跟没病一样，只是做重活不行，不能累，不能急。

为了这个家庭的生计和发展，在吴忠梅手术出院以后，重庆市委宣传部扶贫集团买了600只鸡苗送到家里来了。刘忠培就在家一边照顾妻子，一边养鸡。到年底，养大的鸡全部卖掉，除了喂鸡的苞谷等成本，赚了3万多元。那是2010年。

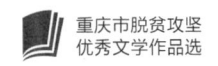

给鸡苗不给现金，用重庆市委宣传部扶贫集团领导的话说，是希望这个家庭能够自我造血，那才是长久之计。

两口子当然懂得这个道理。这就像吴忠梅治病，做手术靠输血活过来，但要想活得好，活得健康有劲，肯定是靠自己身体造血才行。

第二年，刘忠培自己买了600只鸡苗养着。

第三年，还是养鸡，还是600只。可惜养到两个多月，半大的鸡开始陆续死去。最后，只剩下三分之一卖成了钱。

吴忠梅做开颅手术都没哭，看到辛辛苦苦养的鸡子一死一群，碰都碰不得，只能挖坑埋掉，她忍不住哭了一场。

家里一直欠着十多万元，刘忠培又不能出远门务工，下一步怎么办？除了养鸡，还有没有其他办法呢？

镇里联系大垭村的领导到家了解情况，也知道刘忠培过去一年养鸡倒亏，就帮着出主意。他是个年轻人，对大垭村未来发展很有想法，已经跟村支两委干部商量了，打算利用大垭村海拔高、植被好、夏天凉快的优势，就打避暑纳凉的牌，在全镇率先发展乡村旅游，把大垭村搞出个名堂。

镇领导对刘忠培说："你来办一个农家乐。"

刘忠培对农家乐是有些了解的，电视新闻里有报道，巫山县一些乡镇也有。到县城会经过两坪乡朝阳村，那里就有几户农家乐，每到周末，就会有城里人去玩去吃饭。他也曾经动过念头，但总担心投入大了自己承受不了，又害怕搞不起来倒亏一坨，一直犹豫不决。

"啷个会搞不起来？事情还没开始，如果首先就想到搞不起来，那就真会搞不起来！"镇领导给他打气，又帮他全面分析：首先，人的方面，刘忠培是整劳力，吴忠梅身体已经恢复得差不多，掌勺当主厨是能行的，生意好时请一两位附近的村民帮忙，人的方面没有问题；其次，场地和设备设施方面，利用自家房屋和院坝，堂屋摆两张餐桌，腾一间卧室出来可以摆一张餐桌，院坝还可以摆几桌，所以场地也是足够的，没有问题；农家乐先期只考虑餐饮，不考虑住宿，设备设施就只用买一些锅碗瓢盆，增加一些桌椅板凳就行……

镇领导的分析全面细致，很到位，刘忠培所有的疑问、担忧，就像一只只灰暗的气球，都给领导的一根针轻巧地刺破了。

正如镇领导分析的，这个农家乐充分依托现有条件，尽量控制投入，就是一年半载搞不起来，又能亏到哪里去呢？

搞！

刘忠培参加了镇政府组织的考察学习，专门到本县建平乡、两坪乡的农家乐现场取经，大开眼界；吴忠梅也被推荐参加了镇政府、县级部门举办的多次集中培训，学习用心，就真学到了不少东西，回到家就现学现卖，如何做好特色餐饮啦，如何搞好环境卫生啦，如何文明服务啦……把老师讲授的知识又一五一十讲给刘忠培听。

经过大半年的筹备，2013年8月，农家乐正式开张了！

从骡坪场镇往北，出清泉街，刚进入大垭村，公路左手边，一排木桩做成的篱笆墙的正中，用几根木料搭建了一道古朴的山门，门楣上是一块木板，上面写着四个行书大字——"明月山庄"。走进山门，院坝里建了两个茅草亭，亭子后面，是一幢两层的砖混楼房。

这就是刘忠培、吴忠梅夫妻的农家乐。

这是大垭村的第一个农家乐，也是骡坪镇第一个高山农家乐。

按照驻村镇领导的建议，"明月山庄"就以接待从县城来骡坪纳凉的市民为主，以腊猪蹄和土鸡干锅、汤锅为特色，配以老板娘拿手的干煸青辣椒、炕洋芋、洋芋粑粑、凉拌烧茄子等农家菜肴，

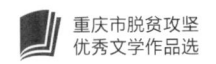

坚持诚信经营，绿色健康的理念，让客人吃饱吃好。

开张的时期比较晚，已进入8月了，所以当年只经营了最热的两个多月时间，毛收入五千余元，仅仅算得上两口子的工资，但这已经足够让刘忠培和吴忠梅兴奋不已。

农家乐没有亏，不会亏！他们成功了，他们将要一直把农家乐开下去！

从2014年起，每一年，基本上从4月开始，农家乐的生意就开始增多，到7月，就进入最红火的接待旺季，天气越热，生意越好，一直到11月客人才慢慢减少。其他几个月，生意明显清淡，但仍然会有少量接待。

2014年，农家乐纯收入4万多元。这可是两口子自己挣来的！这样的钱，就是花起来，人都格外地潇洒一些。

这就是自身造血的好处！

八年来，明月山庄一边经营，一边不断地升级改造。院坝最开头只有几十个平方，刚够停下两三辆车，现在院坝已经扩大了好几倍，面积达到400平方米；院坝边建了5间房屋，可供客人休息娱乐；山门和院坝里原来的两个茅草亭也早就换成了水泥钢筋浇筑的框架结构，都盖着琉璃瓦，更美观更牢实了；原先两层的楼房又加盖一层，建了坡顶；原来没有住宿，现在开设了5个标准客房，有10个床位，接待能力更强了……

八年来，"明月山庄"获得多项荣誉："重庆市星级农家乐""巫山县特色农家乐12强""重庆市旅游特色精品农家乐"……

"明月山庄"已经成了大垭村的一块招牌。很多本镇的居民、巫山县城的市民成为它的回头客，几乎每年都要呼朋引伴、携家带口，到"明月山庄"歇个凉，吃个饭。

"明月山庄"为大垭村乡村旅游开了个好头。短短几年时间，"青龙寨""福益美农庄""六角月光""紫苑农家""乐滔滔农庄"

等30多户农家乐，像雨后春笋一般，在大垭村接二连三地冒了出来。

大垭还真是有个这条件。全村海拔1100—1600米，紧邻一个市级森林公园，年平均气温仅15℃，最近的高速公路出入口到这里仅有15公里。良好的生态、适宜的气候、便利的交通，大垭村成为巫山市民夏天休闲纳凉的首选之地。

2018年，大垭村成立飘然乡村旅游合作社，投入300多万元，建设"云中花谷"乡村旅游点，吸引村民以土地入股，对集中的土地一部分种植蔬菜，一部分种植高山花卉。同时在花谷周围兴建露营基地、健身步道、旅游公厕等基础设施，旅游服务配套进一步提档升级。8月，花谷的格桑花、桔梗花盛开，花田姹紫嫣红，游客络绎不绝，乡村旅游一派红火景象。

到"明月山庄"吃饭住宿的客人自然也更多了。

一户带动一片，一片助力一户。一片与一户，相辅相成。

大垭村与骡坪镇的关系又何尝不是如此？

大垭村已成为骡坪镇名副其实的乡村旅游示范点。但骡坪不止有大垭。近年来，骡坪镇党委、政府依托生态和区位优势，充分挖掘各村特色资源，全面加快乡村旅游发展。目前，已推出多条乡村旅游精品线路，包括大垭云中花谷避暑纳凉胜地、茶园村农耕文化园、鸳鸯村高山草莓采摘基地、龙河村亲子戏水乐园……

乡村旅游，成了骡坪镇产业扶贫和乡村振兴的有力抓手。

"明月山庄"从无到有，从小到大，正是骡坪镇乡村旅游发展的真实写照。

2020年因疫情影响，"明月山庄"4月末才恢复生意，不过5月份就开始火爆，平均每天接待50人左右，一到周末，每天都要接待100多人，最多的一天接待了150多人。

8月，是农家乐生意最好的时候。光刘忠培、吴忠梅两人肯定

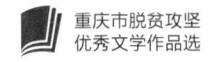

忙不过来，就请了4名工人帮忙，都是村里的贫困户。

有了工人帮忙，刘忠培、吴忠梅也就有时间歇息一下，顺带做点别的什么。

吴忠梅手术后没有后遗症，只是因为长期服药，药物含有激素成分，身体不可避免地有些发胖，显得特别富态。别人都说是家里条件好了，吃得好，没有压力，心也宽了，自然长胖了。

一条已经开始建设的绕镇路将从"明月山庄"背后经过。刘忠培和吴忠梅又在盘算着，以后要不要在山庄背后再开一道山门。

明天的"明月山庄"，大垭村、骡坪镇的乡村旅游，一定更加红火了！

人物档案

彭耀富，1942年5月出生，重庆市巫山县骡坪镇龙河村村民，贫困户。

念

这是一个敞院子。一排瓦房。先是一大一小，稍稍隔开，两个门，两家；往前稍稍折了一下方向，又是两家，两个大门，房子连在一起。这一长排房子前面，是一长溜院坝。院坝边长着一些果树，下面连着一片竹林。

院子整洁，很是安宁。

中间小一点的那座房子，就是彭耀富的家。他是独自生活，年近八十了，除了耳朵背一点，有点高血压，其他大毛病都没有，五脏六腑都好，身体算是比较硬朗。

彭耀富总说，他的八字有点苦。60岁之前，一直苦，苦得不得了。

小时候不用说，像他那个年代出生的人，都是缺吃少穿的。

33岁，都说是男人的节疤，他就硬是在节疤上狠狠地摔了一下，心子都摔破。那一年，妻子过世了。三个女儿，大的八岁，二女儿五岁，最小的才一岁多一点，还在吃奶。那是他最苦的日子，想起来都难过，为早逝的妻子难过，为三个女儿难过，也为自己难过。

那时是大集体，白天社员集体劳动，挣工分。傍晚放了工，别人甩手甩脚地回家去，他不能，他得一路拣些枯枝败草，夹在胳肢窝带回家。点燃柴草塞进灶膛，大女儿能够帮忙加柴烧火，他就煮

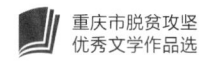

饭，一边剁猪草，准备猪食。等女儿吃了饭，玩一会，睡了，他就煮好猪食喂猪，又推磨子磨苞谷。煤油灯亮着，石磨沉闷地走着圈，把干硬的苞谷一颗颗咬进去，变成了粉末吐出来。屋里屋外，只有这一扇磨子在孤独地走着圈，只有他一个人机械地把木头的磨拐子用力往前一送，又用力拉回来……早上天不亮，他就起了床，首先挑两担水，然后喂猪，又煮饭，吃了饭，自己又赶紧出工。不敢耽搁，迟到、早退都是要扣工分的。生产队考虑他娃娃小，没人带，特为允许他一个月可以只上28天工。可是少上一天工就少挣10个工分，到半年汇总分粮食，他就可能因少几十上百个工分，少分几十上百斤的小谷、荞麦、苞谷、红苕，甚至还可能因此成为"倒找户"，要给队里赔钱。因此，他一天也不愿意耽搁，每个月仍然满打满地上30个工。

遗憾的是，家里实在穷，三个女儿基本上都没读书。二女儿读书最多，也就是读到小学四年级就辍学，像她姐姐一样，开始帮家里干活。这是彭耀富最觉亏欠她们仨的地方。

他虽说在队里当了将近30年的干部，先是出纳，后来是副队长，就凭着记性好，搞得稳当，很受全队社员信赖，却一直没有私心，没有把队里的粮食往家里带过一斤一两。

三个女儿陆续长大，陆续嫁人，但是境况都不怎么样。大女儿招婿上门，生了个娃夭折了，后面一直没生，抱了个女娃。女娃长大后，嫁到了邻近的湖北省恩施土家族苗族自治州巴东县沿渡河镇，有孝心，过不多久就回家来看看爹妈和外公。后来大女婿患了精神病，村里帮忙弄到县精神病医院治疗，略有效果，但离不得人照料。大女儿就是在城里照料他。

二女儿嫁在邻村，家在场镇边上，条件稍微好一点。但是家里人口多，负担也不小。

小女儿从两岁多就过继给了她的幺爸，也就是彭耀富的弟弟，彭耀贵，根本就没上过学，也是招婿上门。丈夫在煤矿务工很多年，四十多岁就患上矽肺，家里日子也就跟着难起来。

一个院子四户人，彭耀富、彭耀贵、彭耀富的大女儿、彭耀贵的继女或者说彭耀富的小女儿，四户都穷，2014年建卡立档，彭耀贵被评为特困户，其他三户都是贫困户。

彭耀富说，他的好日子是从六十岁开始的。

那是2002年，巫山县被评定为国家级贫困县，各项扶贫政策落地，彭耀富渐渐过上了好日子。

从脱贫攻坚开始，生活的改善更是超出了想象。

村里的公路硬化了，天晴下雨走着，一点泥巴都不沾。水也引到家里来，一年四季不断水，再也不用出门挑水了，再也不用担心天旱缺水了……

2017年，彭耀富的住房被纳入D级危房改造。老房子被扒掉，就在房屋原址重新建起一座30平方米的瓦屋，分成两间，一间做堂屋，兼做厨房，一间做卧室。彭耀富年纪大了，建房的过程没让他动一下手，没让他操一点心。

彭耀富清楚地记得：农历五月二十四，他的新房完工；六月初八，村支书、主任一起到家里来，给他换了一张新床……

彭耀富永远记得：结对帮扶他的干部，工作那么忙，隔不多久都要到家来看望他，一到家就看看粮食存储的情况，看看有没有足够的米、面、油、蛋，看看床铺、衣柜，生怕他受饿受冻。万一出差来不成，就会委托别的干部或同事上门来……

这些年，帮扶干部，镇、村干部上门慰问时带给他的东西，几斤几两，他都记得："70斤油，130斤米，一床毛毯，一床线毯，两件袄子，还有月饼……"

彭耀富一笔一笔念着这些物品，那么清晰和确定无疑，旁人一定以为他拿着本子在念，没有，他根本就不会记账，因为他从不识

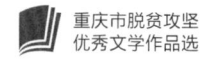

字。他是记在心里。他以前当队里的出纳也是这样，一切账目记在心里。

"党和国家的政策好，但大河里的水不一定流得到我这里来呀！流来了，就是县里的领导，镇里、村里的干部好，他们把党和国家的好政策落实到我头上了，落实到我的女子、我的兄弟头上了……这些干部，都是我们彭家的恩人呢……"彭耀富大声地说着，一只手轻揉着潮润发红的眼睛。

两兄弟的名字既富且贵，可是一直没有富贵过。只是到老了的时候，两个人遇上了好时代，过上了想不到的好生活——当然算不上富贵，但却是满足而安宁的生活。

平常的日子，彭耀富喜欢转公路，出了院子，走30米连接道，就上了村里的硬化路，往上走到赵家垭河，再沿着103省道，走3公里就到了骡坪镇场镇。以前，骡坪场镇才一条土街、几十座瓦房，现在呢，变得都像县城了。有高楼大厦，也有漂亮的广场，场镇扩大了一二十倍，还在扩，还在修建绕镇路。场镇有十来条街道，满街的服装店、杂货店、餐馆、酒楼，又有几家大超市，门店一家挨一家，简直不计其数。卖水果的有专门的水果店，天南海北的水果都有；卖菜的专门有菜市场，买肉，买鸡、鸭、鱼，要什么有什么……彭耀富隔三岔五就上街一趟，买点水果，割两斤肉回来，肉会存放在大女儿家的冰箱里，想吃的时候随便弄一点来吃。往下，沿着村道转到河沟里去，有七八公里路，他很少走到头，常常走个小半就回转。听说河沟里建起了龙潭溪水上乐园，一到夏天生意好得不得了，每天不断线的小汽车从这里开下去玩。听说河坝边开了7户农家乐，"何幺妹"农家乐开得最早，生意最好，一年四季都有客。那个何幺妹，彭耀富也认得，原来也是贫困户，现在一年的纯收入达到四五万元……

彭耀贵也喜欢转路。跟哥哥安静无声地转路不同，彭耀贵转路的时候会搞出很大的阵仗。他有两样东西不离身，一个是电筒。他不记得自己买过多少支电筒了，起码得有100支以上。搞集体的时候，他被队里安排守山，工作需要，电筒是必备工具。不搞集体了，他守山的习惯也没有变。电筒就成了他的心爱之物。每逢晚上，总要打开电筒，在黑夜里四处转转。现在山林越长越宽，野猪越来越多，野猪的活动半径越来越大，彭耀贵的守山重新有了意义。红苕、苞谷等庄稼成熟的季节，不要村里安排和村民请托，彭耀贵就自觉地出去守野猪。看见野猪，吼吼地发声，把野猪撵走，他就高兴，就觉得村里评了他特困户是没有白评的。他另一个不离身的是便携式扩音器。它没有电筒跟得那么久，是后来才增加的心爱之物。他用得勤，每天都要放几场，所以也淘汰得快，基本上两三年就得换一个。现在随身带着的这一个，是去年才在骡坪场镇买下的，一百二十块钱一个，还赠音乐卡，卡里的歌曲有好几百首，连续放，一天都放不完。他最喜欢的是晚上，脖子上挎着扩音器，放着流行音乐，手里拿着充足了电的电筒，拧开开关，一束光"唰"地穿透黑夜，打破山野的宁静。野猪一听到音乐，一看到激情扫射的光束，一定早不早地就跑了——如果有野猪的话。

兄弟俩转路的风格大相径庭，所以经常各转各的，互不干扰。偶尔在路上遇到了——那肯定是白天，兄弟俩就在路边大声地交谈起来，惊讶于龙河村、骡坪镇的新变化——一天一变呢。

他俩经常一起看电视。彭耀贵没买电视。要买他是买得起的。他是特困户，每月的生活保障金比低保户的哥哥高了不少。但哥哥有了电视，他就用不着买了。

兄弟俩的感情一直是很好的。

电视机放在彭耀富家的堂屋里，不看的时候上面搭一块干净的塑料布。电视后面的墙上，最显眼的位置，挂着一个相框，那是彭耀富跟结对帮扶干部的合影。相框四角包着的纸三角都还留着，很

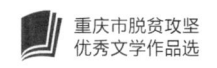

是珍贵的样子。

帮扶干部个子高，彭耀富个子矮，高的搭着矮个子的肩膀，矮的就搂着高个子的腰。

这是一张多么普通的照片，照得非常随意，背景就是彭耀富的家门口。那是帮扶干部最近一次到家里来，临走的时候，彭耀富主动提出来，请在场的村支书帮忙照的。

一个衣食无忧、穿戴整洁的老头，红光满面，眉头舒展，脸上有一种努力包藏而又包藏不住的满足的笑意。

八字里带着的苦，早就不见了。

彭耀富对自己的像很是满意。这是他最好的一张照片。本来，活了七八十岁，他也没照过什么相。

但在他的心里，他不是要看自己。他是要看那个器宇轩昂而又慈眉善目的高个子。

他最亲的亲戚。

他要永远念着他。

每天，开电视，关电视，就望见这张相片了。每天，一进门就望见这张照片了。一个家，都温暖起来了。

"吃了木耳，不要忘记树桩。帮扶我的干部，我回报不了，只有在心里念着他，祝愿他和他的一家全都身体健康，个个平安！"

人物档案

龚胜魁，男，1971年12月出生，重庆市巫山县官阳镇老鹰村9组村民，巫山县家兵中药材种植合作社社员，贫困户。

好事连连

家住官阳镇老鹰村老鹰沟的贫困户龚胜魁一直盼望着：要是通公路就好了。

老鹰沟海拔1700多米，修通公路非常困难。

住在这儿的共有8户村民，也是老鹰村8组的全部村民。龚胜魁的想法自然也是大家共同的想法。

老鹰村平均海拔在1300米以上，野生中药材多，全村一直就有采集野生药材和种植中药材的传统。但交通不便，同样的中药材，总比场镇上的收购价便宜很多。所以，老百姓虽然家家户户一直都种，却也一直种得不多。

龚胜魁家里的地，也就是一半种药材，一半种苞谷、洋芋，药材卖了挣点零花钱，苞谷、洋芋用来填肚子。

他家因妻子生病，两个孩子读书，同时又缺乏经济来源，成了全村43户贫困户之一。

2017年，老鹰村在已经通了公路的9组打杵沟设立一个集中安置点，安置了本村7、8、9、10组共13户易地搬迁户。龚胜魁等老鹰沟村民整体搬迁，都在打杵沟建起了新房。安置点路、水、电、讯全面配套，光纤网络入了户，安装了路灯，建设了垃圾房，村委会也建在此地，全村老百姓都来这里办事，热闹。20多座或红或白

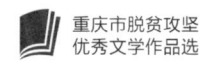

的楼房井然有序地坐落在公路两旁，就像一条小街一样了。

相比修通到老鹰沟的公路，再慢慢配套各项基础设施，易地搬迁并集中安置的方式，资金投入相对节约，但对搬迁户而言，其生活条件的改善，显然也来得更快更直接。

易地搬迁有资金补助，龚胜魁家4口人，一共补助36000元。建好占地64平方米的两层小楼，一共花了10万元多一点。政策补助资金大大减轻了建房的压力。

当年冬月，房子建好没多久，龚胜魁就搬了家，一家人就在新房过了年。

所有至亲、好友都来祝贺，那个春节，龚胜魁多少年都不曾那么开心过了。

好日子就这么开了头。

结对帮扶自己的干部多次上门，悉心指导，鼓励龚胜魁鼓足干劲，发展产业。驻镇、驻村干部也大力支持，帮助解决了很多难题。龚胜魁于是树起雄心壮志，描绘了一幅家庭经济发展的图画：

已经先后从县职业高中毕业的两个儿子，就一心一意在外面务工；他和妻子就在家里种植中药材。苞谷、洋芋都不种了，全部种药材。

2018年，他种起了10亩独活。

这一年6月，老鹰村的公路彻底贯通。独活等中药材的市场价格高企，全村种植中药材的积极性大涨，各组能种药材的土地，好一点的槽地、垴地不用说，零星的挂坡地，都一块不剩地种上了独活、贝母。

8月，在帮扶干部的关心支持下，龚胜魁在自家新屋旁建起了药材库房和烤房。烤房供村民共用，一次可烘烤10000多斤的中药材。发展中药材，硬件保障更加到位。

这一年，全家的收入，包括药材，包括两个儿子务工，总计达到15万元。

全家本来就于2017年脱了贫，这一年，更是将贫困的帽子甩到了九霄云外。

当年，全村药材产业的快速发展，有效带动了村民增收致富。原有43户177名贫困人口全部脱贫，全村人均年收入也翻了一倍多，从2015年的4000多元增加到9400多元。

2019年，龚胜魁种植药材的信心进一步增强。除了自己老鹰沟的10亩土地，他还把9组老丈人家的几亩地也种了起来。

这年8月，他和其他5户村民联合成立了"家兵中药材专业合作社"。因为他有种植药材成功经验，自然而然，他在合作社就要更多地发挥带头和技术指导的作用。他说：要育苗了哟，大家便都开始育苗；他说：要栽药秧子了哟，大家便都下田栽药秧；他说：要打药了，大家便都打药……

这一年，一斤干独活收购价最高达到14元，合作社的社员个个大丰收，大家高兴坏了。合作社的成功让全村村民都看到了种植药材的好处。

在脱贫攻坚官阳片区指挥部的指导下，老鹰村进一步明确了产业发展思路，开始把中药材作为老鹰村的骨干产业，着力打造全县数一数二的高山药材村。

作为官阳镇脱贫攻坚工作的牵头单位、作为老鹰村的帮扶单位，县委组织部、县交巡警大队积极争取，开拓创新，成功将老鹰村申报为国家发展集体经济的试点村，于2019年11月成立"巫山县官阳镇老鹰村股份经济联合社"——全村村民都是其股东，争取到中央配套下拨的50万元集体经济发展资金，选点该村海拔1600米左右的龙潭坪，利用这里300亩左右的抛荒耕地，打造中药材育苗基地，既为本村药材种植提供种苗，也面向县内外甚至全国范围销售中药材种苗。

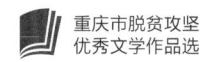

联合社采取股份合作和按股分红的模式运作：村集体以61%的股份控股管理，通过比选程序和村民代表大会评出的某专业合作社占股39%并负责"联合社"的业务运营。

2020年开春，联合社育苗基地完成独活等药材育苗120亩，长势喜人，有多家公司表示购销意向，年底出产商品独活苗300万株左右，收入一百多万元。牛膝和云木香两个品种产出20万株左右，收入10多万元。

按照联合社的股东分红办法，每年育苗基地的收入，作为村民股东，龚胜魁及全家4口人都是有分红的。

在最近一次村民代表大会上，村支部书记通报了一个喜讯：村集体的光伏发电项目已盈利2万多元；由官阳镇政府统筹，老鹰村以房屋复垦资金入股8万元，在官场城镇经营的宾馆，也获得利润1万元；这两项加起来，村集体经济的账上现在已经有了3万多元。钱虽不多，分到每家每户就更少，但这却是村集体经济带给村民的实实在在的红利！

好事连连。

龚胜魁做事认真负责，从2020年初开始，村委会将他聘为村里的管水员，专门负责全村蓄水池、引水管网的管理、维护，保证全村群众吃上安全卫生的饮用水，每月可领到公益性岗位工资1000元。

5月，家里为小儿子办了喜事，小儿媳妇进了家。小儿媳妇是本村女孩，同小儿子是初中同学，两人从小青梅竹马，同时毕业，又一起外出务工，感情深。

再过一段时间，龚胜魁就当爷爷抱孙子了！

前不久，村干部告诉他，老鹰沟留下的老房子，镇村干部已经一起上门测量了，连院坝一共是550多平方米，将会补助10多万元。这是龚胜魁和弟弟两家共同的财产，每家可以分到5万多元。

2020年，家里一共种了20.5亩中药材，包括10亩独活，还有10亩猪苓，还有0.5亩的贝母，收入也是不错的。

现在的生活，再没有任何负担，没有任何烦恼了。龚胜魁再也不像以前那样总是愁眉苦脸的了。他现在整天乐呵呵的，每天晚上都要整点小酒，用他自己的话说，他天天都是过着活神仙的日子了。

以后的日子，看来就是挣钱、存钱，挣钱、存钱。光种药材是不是单调了点？可不可以搞点新鲜的事呢？比如农家乐。因为老鹰村公路是巫山连接巫溪县的重要通道，巫溪那边紧邻的就是兰英大峡谷，是一个风景区，老鹰村也算得风光秀丽，公路没通的时候，就有一些摄影、户外爱好者到老鹰村游玩。老鹰村公路一通，一年四季游客不断，而且明显一年比一年多。做农家乐应该是有生意的。

龚胜魁已经打起这个念头。前两年，公路刚通的时候，驻村第一书记、工作队长老祝就曾好心给他抱来一块牌子——"打尖农家乐"，满心希望他把老鹰村的乡村旅游带头搞起来。那时，他一是想种药材，二是担心妻子手艺不好，收了老祝赠送的招牌却一直藏在屋里没挂出来。现在，家里多了能干的儿媳妇，做做小儿子的工作，让他不再出门打工，说不定小两口还真愿意把这个事办起来呢。

那时候，他家可就成为老鹰村第一个农家乐了。

想到这儿，龚胜魁呷了一口酒，忍不住偷偷地笑了。

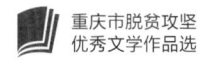

人物档案

杨永明，男，1971年8月出生，中共党员，重庆市巫山县建平乡云台村1组村民，贫困户。

我要唱歌

经过建平乡云台村的时候，路边一座房子让我眼前一亮。宽大的两层楼房，米黄色的墙漆，房前的院坝立了石制的栏杆，一看是有些品位的。

便停了车，走过去，想要了解一下情况。

走近了看，才发现墙面讲究，用的真石漆。

门口墙上贴着脱贫攻坚明白卡：户主杨永明。

堂屋敞开，水泥地面，房间居中是一张大的方桌，四方各一条长板凳。靠墙支了一排椅子。室内虽然不像房子外面那么讲究，但到处收拾得利利索索，简朴而亮堂。

"有人吗……"喊了好几声，以为没人，要走了，才听见有人远远地应了。声音是从两三个房间之外，拐了弯来的。

一会儿，就从堂屋右侧墙上开的门出来一位大娘。又过一会儿，又出来一个大爷，个子清瘦，白细的脸面微微上扬，声音洪亮，是个盲人。

大爷名叫杨德彩，70岁。大娘名叫万方菊，68岁，是个开朗爱笑的人。他们有一儿一女。儿子杨永明，女儿杨明——就是把哥哥名字中间的"永"字省了。听说兄妹很亲。

这房子实际上是两户，杨德彩一户，杨永明一户。原先就一层，一排四间，两进，共8间房。建了很有些年头了，还是杨永明当村支书的时候就建起的。现浇混凝土楼板裂了缝。杨永明找村里反映，以为可以申请危房改造，像村里其他有些房屋一样加个坡屋顶，一并就把渗漏问题解决了。村里的干部谁不认识啊，都是兄弟朋友。现场一看，只是渗漏，不会垮塌，安全得很。所以尽管愿意帮忙，但政策不能突破，爱莫能助。杨永明没法，就从网上买了液体、固体的防渗、补漏材料，自己勾缝、刷涂，后头又买胶条来粘，房顶打满补巴，但都不管用，屋里的渗漏照旧。

妹夫刘强说："村里的房子都整洋气了，你干脆也把房子也彻底整一下嘛，也让父母住得舒服一点。"

杨永明说："你出钱啊。"

杨永明的确是出不起钱的。刘强是做小工程的，这两年事不好做，钱不好挣，挣到的钱也收不回来，但总比杨永明宽裕。刘强便出钱，杨永明就找了工人施工，就在原来一层的平房顶上又加一层，做了坡顶，又把整个房子立面好好整一遍。原来的房子立刻光鲜亮丽了，就像完全新建的小楼一样。

杨永明是贫困户，虽然脱了贫，但其实困难也还不小。他曾经的贫困、他现在的困难，主要就是因为他是一个病人。他是换了肾的。换了肾，一辈子吃药。一家的负担，大呢。

杨德彩健谈，但他不怎么讲儿子，他喜欢讲他自己。他家三代支书。杨德彩的父亲是云台村的老支书，从1958年干到1966年，后来被打成右派，子女都成了四类分子。这对杨德彩影响很大，一度，他是不被允许入党的。后来，杨德彩终于入了党，当了村里的副支书兼会计。他工作卖力，被评为县劳动模范、先进村干部。50岁的时候，视网膜脱落，影响工作，他就退下来，不当村干部了。虽说看不到，但他以前的那些手艺一样都没丢。他是兽医，村里的猪、牛、羊病了，就找他；有时人病了，也找他。他会唱夜歌，也会升匾挂号，当总管照客，这是他的强项，他那一张嘴，从生下来

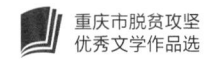

就是最会说的。所以，村里的红白喜事，他必定到场，到场就亮着嗓门安排这，安排那。但毕竟是失明，给行动带来很大不便，很快地，就没有人请他了——人们转而请他的儿子去了，那是一样的。

"我给你念两句，要得不？"杨德彩客气地说。

"要得呀，您说。"

"这次村里开党员大会，把我们这些老党员也请去了，我就现作现说，有这么几句：因病返贫是灾难，感谢政府来支援……"

他还是讲到儿子了。

我说："说得好！"

"好啊？"杨德彩闭着眼睛，满意地微笑着。视力的功能完全失去，但想象、听觉、记忆的能力却是增强许多。

从失明以来，20年了，他养成了一个最大的爱好：听收音机。

脱贫攻坚、生态环保、特朗普的美国优先……中外大事，他都略知一二，能随时插进旁人有关家国事、天下事的讨论中。

老两口都有低保，每月还有基础养老金，杨德彩属于一级残疾，另有生活补助，家里的基本生活没有什么问题。即或有问题，也不怕。

虽然儿子杨永明自顾不暇，没有能力赡养他们，但女儿、女婿有能力。

我感觉到，这位老村干部是真心满足于自己的晚年生活，真心感谢政府对自己、对儿子两户人的帮助和关爱。他闭着眼睛的脸上的微笑，像明朗的夜空中满辉的月亮那么明净、安详。

杨永明不住这里。为着小儿子上初中，也为着自己检查、拿药更方便，全家在县城租房子住着。

患上尿毒症之前，他家在村里说不上富裕，但条件也还算不错。

小伙子一表人才，身材壮实，浓眉大眼，从小跟着父亲参加村里的工作，出入红白喜事场合，耳濡目染，也就继承了父亲的本领，一样能说会道。27岁的时候，他成为云台村党支部书记。在他负责的那几年，村里的多项工作得到群众和上级领导肯定。他连续两届当选县党代表，两次被评为县优秀支部书记……

他有一个贤淑漂亮的妻子，还有两个乖巧的女儿。他想生个儿子。正巧，外地一个亲戚没有生养，就领养了杨永明的二女儿。不久，杨永明的儿子也就如愿出生了。

因为违反计生政策，他被严肃处理，村支书的职务被免掉，他又重新当起会计来。干了几年，他辞去会计职务，自己做生意。慢慢赚了点钱，正准备在城里交个首付买房子，2014年4月，感觉身体不舒服，一查就查出尿毒症。

一个和美安然的家庭倏然落入暴风雨下的浪涛、漩涡里。

他家成了贫困户。

2017年，妹妹、妹夫鼎力相助，亲朋好友纷纷无偿援助，加上杨永明自己攒的15万元，一共凑足30万元，在郑州人民医院做了换肾手术。

换了肾，必须长期服用"他克莫司""赛可平""醋酸波尼松"等抗排异药物，身体免疫力降到正常人的一半，环境不好就特别容易感染病菌，诱发感冒。一场轻微的感冒，对杨永明可能都是致命的威胁。

找到巫山县城高唐街道登龙社区秀峰寺一幢移民联建房的底楼，进到杨永明家的时候，他和妻子陈明正在吃晚饭。杨永明大口地刨着饭，夹一筷子菜送进嘴里，嘴角溢出油脂。他吃得痛快，满面也是油光光的。屋里稍微有点热。虽然开着空调冷气，但怕杨永明伤风，冷气只开到29、30℃。单看吃饭的架势，杨永明不像有病的人。

肾移植后所服用药物往往带发糖尿病。能吃，虚胖，这正是糖

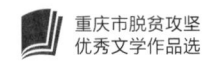

尿病加上含激素药物作用的表现。

杨永明既有肾病，又有糖尿病，还有乙型肝炎。

每天8种药一把一把地往肚里吞，每天四针胰岛素，该吞药就吞药，该打针就打针，该吃饭就吃饭。容易饿，饿了就吃，吃就吃个饱——这是杨永明所剩不多的享受，不能给他剥夺了。在吃的方面，陈明没有亏待他。

今年正月，疫情期间，关在屋里，吃得好，又不能出门适量运动，体重一下子增加了十四五斤。杨永明向一个开药店的朋友买了血压计、血糖仪。血压计能用，血糖仪不能用，根本读不了表，是坏的。朋友说："我这是新货，不可能是坏的。"杨永明就按照朋友的提示，把血糖仪的使用说明拿出来认真研究，研究来，研究去，始终测不出来。血糖仪的显示屏上根本不显示数值。朋友答应给重新换一个血糖仪，因交通管控一直耽搁了没有送来。杨永明忍了两天，感觉头晕得厉害，视力明显模糊，再也无法忍下去，就横下一条心，做好隔离14天的准备，去县医院检查。血糖仪竟然也查不出来，最后抽静脉血化验，才知道血糖已高达36.7。超过33血糖仪就爆表，当然测不出来。

如果还继续在家里忍下去，肯定人也爆表了。

每个月，杨永明需要去一趟主城，到重庆大坪医院复查、开药，往返两天，节约了再节约，也必须开支2000多元。这是病情比较稳定的理想状况。如果病情加重，免不了接受更多的检查，购买更多的药品，费用就会超出预计，大大增加。

每月的医疗费，经新农合医保报销、特病卡报销和低保户民政补贴等相关政策落实之后，个人只需承担全部费用的10%，但这10%，对杨永明一家，仍是一笔不小的开支。

云台村支两委考虑杨永明的实际困难，对他家落实兜底保障的政策，4口人全部纳入低保，基本上可以解决一家人的吃饭问题。

上半年，陈明参加了政府组织的劳务外派，到山东烟台上了三个月的班，加上工资，加上政府的就业补贴，一共有18000多元的收入。如果不是学校复课，女儿、儿子返校，家里没人照顾杨永明，陈明会继续在烟台务工的。

回家来，一边照顾杨永明和读书的儿子，陈明一边也利用空闲时间自己找事，主要是利用微信朋友圈推销精油、面膜、护眼液、益生菌等一些生活小物品，平均每月能挣1500元，多少能够补贴家用。

女儿刚刚大学毕业，正在全力准备教师资格考试。她知道家里对她的期望，不管是当教师，当公务员，还是进企业，进私人公司，她必须尽快找到稳定的工作，挣钱支持这个家庭。

哪怕说到换肾，说到高得吓人的血糖，说到家里经济的巨大窘迫，杨永明也始终是一种轻松、淡然的神情，像说着别人的经历、别人家的故事。

他遗传了父亲杨德彩那一种精神和思想的坦然、乐观。

父亲失掉眼睛，儿子失掉肾——失掉就失掉了，生活还得继续。

巫山有400多位肾病病友，其中绝大多数都是没有换肾的。杨永明有些骄傲：只要他一出场，病友群就热闹。大家愿意跟这个前云台村村支书、村里的总管先生在一起，喜欢听他吹牛，喜欢听他唱歌。

杨永明在手机里安装了唱歌软件。儿子上学了，陈明上街了，家里只剩他一人，他得找点事做，光看电视也不行，于是就唱歌。从小他就比较喜欢唱歌。但只有换肾之后，才有这么无限充足的时间，让他尽情地、自由地唱歌。

像自己一样这种大病的家庭，杨永明见过太多的妻离子散。巫山肾病病友当中就有不少。

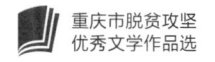

自己这个家，一直不散，一直有温暖，感谢妹妹妹夫，感谢很多亲朋好友，更要感谢妻子陈明。

她其实才是这个家庭最坚强的核心。

为着陈明的不离不弃，为着她始终像他俩年轻时那样爱着自己，杨永明也要坦然、乐观下去。

他要把歌唱起来。他要好好地练一下。他希望水平提高以后，能在滨江路，像夜市摊上那些唱歌的人，像手机抖音里那些直播主播一样，在网络里唱，让全世界都知道一个换了肾的男人，依然在快乐地生活。

我的耳边，又响起云台村，那一座漂亮的真石漆的房子里，杨德彩念着的"顺口溜"：

　　因病返贫是灾难，感谢政府来支援。
　　各级公仆问饥寒，精准扶贫渡难关。
　　我家三辈是党员，跟着党走永不变。
　　教育子女把书念，好为国家做贡献！

人物档案

姚一琼，男，1949年2月出生，重庆市巫山县抱龙镇紫鹅村5组村民，贫困户。

走上正轨

姚一琼的家在抱龙镇紫鹅村5组的一道山梁上。

左面一座土木结构的老式瓦房，屋前檐口挑出来两米，四根一抱粗的木柱站在青石的柱础上，柱子上面架着一层阁楼，方便晾晒苞谷，搁置杂物。这样的老式房子，还保存得这样好，真正少见。右面一座砖混小楼，贴了白砖。这里原先是两层的板屋，楼上一层冬天冷，夏天热，不能住人，去年村里实施住房改造，给加了坡顶，这样楼上一层也可以住人了。瓦房和小楼墙挨墙，中间有门相通，两个房子既各自独立，又紧紧相连，成为一个整体。

屋前的院坝宽敞，四处收拾得整整齐齐，没有一样胡乱摆放的东西。随时进到屋里，桌子、板凳、椅子也总是抹得干干净净，纤尘不染。

这一家，里里外外都透着干净利索，有一种认认真真过日子的态度，让人一看就喜欢。

谁能想到，这个家差一点就散掉了。

那时，家里突然连遭两次变故。先是作为家里顶梁柱的儿子骑摩托车翻下陡坡摔死，只隔一年，儿媳妇想把摩托车学会，好方便接送孙女上幼儿园，在村中公路上学车，结果一头撞到马路边护栏上，命虽还在，但却完全失去了生活自理能力。

家里原本有孙儿、孙女，儿子、儿媳，加上姚一琼和妻子任道

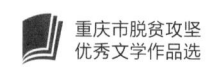

彬，三辈六口人，全家和睦恩爱，上慈下孝，勤勤恳恳种着十多亩地，把一家的小日子过得有滋有味。

两场灾祸，让这个家一下子天塌地陷。

最痛苦最绝望的时候，姚一琼恨不得找个地方马上死去，一了百了，落得个轻松、自在。

但是他能随便死去吗？

孙子才读高二，孙女才五岁，儿媳还躺在床上，大小便失禁，时刻离不得人。妻子任道彬不仅煮饭、洗衣、喂猪，服侍了小的，还得服侍儿媳妇，给她穿衣、洗漱、喂饭……任道彬本来身体也不好，做过子宫肌瘤切除手术，一直吃药，为了一家人也是在拼命强撑着。他想死了轻松，任道彬肯定比他还想。

他必须活着。任道彬也必须活着。为了姚家的未来，两个老的，也应该更加努力地活出个人样。

姚一琼挺起脊背，一分不少地继续种着原来同儿子一起耕种的十多亩耕地。

任道彬挺起脊背，一个人努力做完原来跟儿媳妇一起承担的家务，还要服侍儿媳妇。

在任道彬精心护理下，儿媳妇慢慢恢复，已经能够下地走动，但是基本没有意识，木呆呆地，上厕所都不会。有时刚给她换洗了干净衣服，她马上又拉了一裤子。对此，任道彬毫无怨言，把儿媳妇当作自己的亲生女儿一样呵护着。

后来，儿媳妇身体更好了，能吃能喝能跑，就管不住了，一不留神，她就跑出去，也不知道归家。一天，儿媳妇又跑了出去。任道彬找到她，拉着她往家走。半路上，神志不清的儿媳妇突然一拳打过来，任道彬倒在了水沟里。看见情况的邻居赶紧跑过来，一边拉起任道彬，一边斥责任道彬的儿媳妇。任道彬疼得掉眼泪，却劝阻邻居："莫吵她，莫把她吓着了，她不是故意的。"

看着姚一琼全家的困难，紫鹅村支两委及时送来关心和帮助，聘请了护工上门帮助任道彬一起护理病人，2014年将全家确定为建档立卡贫困户，解决4口人的低保，对其孙子、孙女也作为困境儿童纳入救助，学费减免，生活费给予基本保障；第二年村里又帮助姚一琼办下了养老保险，一次性缴纳规定费用之后，没隔几个月就开始享受每月550多元的养老保险金。

县委宣传部、巫山报社等宣传部门、媒体单位纷纷报道任道彬"好婆婆"的感人事迹，巫山凯创公司、巫山万新房产中介、巫山精华眼镜等爱心企业和社会各界爱心人士、结对帮扶干部也纷纷伸出援手，为姚一琼家送来生活物品和慰问金。

多年来，除了政策福利，全家共收到各类社会爱心援助资金共计8万元。

姚一琼深深地感受着来自党和政府的温暖，感受着社会的关爱。他原本愁闷、绝望的心里也一扫阴霾，增添了生活的希望和信心。姚家，在自己孙儿、孙女身上，还会开枝散叶呢！

他时常教育孙儿孙女："没有党和国家的好政策，没有社会的帮助，我们一家，不知道还过着怎样的苦日子呢，不知道你们还有没有书读呢！你们一定要发奋读书，立志成才，只有成为有用之才，那才是用实际行动在回报党恩，回报所有关心、帮助过我们家的恩人……"

他的话是管用的。从儿子过世、儿媳出事之后，孙儿一下子变得格外懂事，不仅学习努力，生活也特别节俭。他高中毕业考上重庆电力高等专科学校之后，门门功课成绩优异，每学期都获评一等奖学金，还曾获评一次国家励志奖学金，在参加"全国高职组风光互补安装与调试技能大赛"中获得三等奖，大三的时候获得重庆市"三好学生"称号，并成为中共预备党员。毕业之后，他顺利应聘到华电国际奉节发电厂上班，成了一名技术工人，上班一年零两个

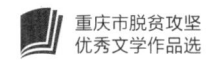

月，就挣得工资近十万元。

这孩子从高中的时候起就养成了一个习惯，每一笔收入和开支，哪怕吃一碗面条，他都会记一个账。

所以，他会认真地告诉爷爷姚一琼，他的一年工资"毛收入是9.4万元，到手是8.1万元"。

姚一琼用孙子的工资收入，还清了家里欠下的助学贷款和所有欠账。

那一年年三十，吃团年饭的时候，姚一琼对着堂屋北墙正中供奉的祖宗牌位上了一炷香，心里默念：姚家，重新走上了正轨！

他不由得热泪盈眶。

全家于2016年顺利脱贫，但脱贫不脱政策，不脱帮扶，那之后，全家依然享受着多项应该享受的福利政策，依然有帮扶干部在结对帮扶。儿媳妇身体慢慢恢复了健康，已经具备基本的生活自理能力，但还是没有劳动能力，所以仍然享受着低保；12岁的孙女读书一直是班上前几名，刚小学毕业，顺利升入初中，作为困难家庭儿童，仍然继续享受每月730元的生活补助金；任道彬有村委会统一购买的农村医疗合作保险，看病吃药都有一定比例的报销；姚一琼的养老金逐年小幅增长，现在每月可以领到1240元。

姚一琼身体还算硬朗，主要的是人逢喜事精神爽，现在的他毫无压力，每天精神焕发，充满干劲。现在家里种着2亩的耕地，主要种洋芋、油菜、蔬菜等等，其余的土地，按村里的产业规划种植了脆李，已经开始挂果了，以后每年也就可以增加一笔不小的收入。家里还养着两头猪，不卖，只供自己吃。

现在，孙儿已代替他那早逝的父亲成为家庭的顶梁柱。

让姚一琼备感欣慰的是，孙儿虽然才23岁，但做人做事非常成熟，到了外地的发电厂上班，人生地不熟，但就凭着工作卖力、作风务实，很快就成为单位部门的优秀员工，得到领导和同事的一致认可，顺利入党，成为一名正式党员。工作第二年，他就谈了女朋友，是发电厂对面的当地镇卫生院的一名医生。在孙子的影响下，其女朋友也积极争取进步，已成为一名中共预备党员。

姚一琼逢人就自豪地说："莫看我不是党员，我家里可是马上就有两名党员了！"

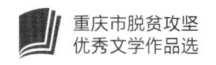

人物档案

向光菊，女，1964年12月出生，重庆市巫山县巫峡镇春泉村12组村民。

守

七年前，我曾到春泉村老冯家买过一回猪。

机耕道坑坑洼洼，又窄，长满野草，战战兢兢把车开过去，到了前边一个山坳，山坳东侧半坡上有一座红砖墙房子，盖着灰白色的石棉瓦，那就是老冯的家。

整个山坳，远远近近，有几座空房子，有几处断垣残壁，还住在这儿的，只有老冯一家。

大儿子在外省打工，小儿子在县城读书，周末回来，更多的日子，每天守着偌大一片山坳，闷闷地劳动和生活，只有老冯和他的妻子向光菊。

幸好有一大群牲口，包括三头牛、三十来只羊、几头猪、两条狗，还有一些鸡、鸭、鹅，时不时发出各自的叫喊，山坳才有一些生气。老冯的猪是真正的粮食猪，用猪草和粮食喂养——现在，在农村都很少只用猪草、粮食喂的猪了，一般都要夹杂饲料或是餐馆的潲水来喂。粮食猪都是自己杀来吃的，珍贵得很，轻易不卖。老冯愿意卖，我就买了一整头猪，趁着他自家杀年猪的时候请他一并杀了，又请他一并帮忙腌制，腌一个星期，然后挂在他家灶屋用松枝柏枝炕火熏成黄亮的腊肉。就这样跟老冯结识了。第二年，他的羊子不好卖，我又帮他联系了县城一家羊肉馆，还把他喊下去一起吃饭，让他当面跟餐馆老板谈生意。不过后来听说没成。那个老板过分精明，而老冯，不乱喊价，也不让价，两人都不让，最终生意黄了，老冯空跑了一趟。当然，也不完全是空跑，算我请他喝了一回酒。他实在太喜欢喝酒了。

现在的春泉村可大不一样了。机耕道已经拓宽硬化，装着护栏。作为春泉村住得最偏、最高的农户之一，老冯估计完全不会想到这么好的道路也会硬化到他这里来，就像专门为他家修的一样。

说实在话，我也没想到。

以前，我都委婉地劝过老冯，我说要是一般人住在这里，要疯。

老冯不是一般人。他听了只嘿嘿地笑。

幸好他没有搬。这么一条白亮亮的水泥路，把这一片山都带活了。这里原来是荒山野岭，现在就成了最好的风景了，清幽静谧，植被茂盛，用很多广告"吹嘘"的——空气负氧离子高，喝风都养人，这样的地方住起多舒服！尤其难得的是，这里有一股山泉，就在老冯家对面的坡上，从岩石孔隙里流出来，村里还专门在出水处建了水池，水池封了顶，虫虫蚂蚁都难得爬进去。清亮甘甜的水一根管子直接拉到老冯家院坝，敞开了流——不敞开流的话，它也是从水池子漫出来白白地流走了。

老冯不在，却正好碰到了老冯的妻子向大姐。她在路边割猪草，立起身，眯着眼睛打量我，认出来了，这便客气着，带了我到家里去。

房子是在公路上方二三十米处，与一条自己刨的便道相连，拐了两拐，又陡又急，道上长满杂草，密布着牛蹄踩出的土窝。记得老冯有辆三轮车，看来也跑得少了。

正中午时候，太阳正毒，但这里海拔1300多米，一到阴凉地就十分凉爽。

屋里屋外东西多，农具啦，刚挖的洋芋啦，去年的苞谷啦，满

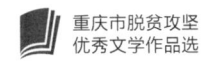

墙挂着的腊肉啦……样样东西都不缺，很殷实的样子。收拾得还算整洁。

家里家外一看，就知道这家的男、女主人都是干活的好手，舍得力气。

我以为老冯一家是贫困户，却不是。想来，老冯两口子都是劳动力，大儿子三十多岁，长期在外务工，有稳定的收入，唯一的负担是小儿子读书，这一点负担，对这个家庭也不成为多大问题。按照绝对贫困的标准线，老冯一家人均纯收入肯定是远远超出，不能评上贫困户的。

没当上贫困户，这让向大姐耿耿于怀。话头就从这儿开始。一家虽然有三个劳动力，但她是一身病痛，得风湿关节炎很多年，双手肿胀，膀子疼，使不上力，做不了重活，大儿子三十出头都还没有成家……这许多问题，为什么村里就看不到呢？更恼火的是，她现在一只眼睛又出了毛病，前年，右眼生出翳子，到县医院治疗，没有效果，越来越严重，都快瞎了，到重庆检查，要换眼膜，要四万多块钱，家里刚给大儿子建了房子，哪里还有那么多钱！回来听人介绍一个土医生，据说得了阴传，就去请他看，慢慢地有一点效果了，以前一片黑，现在面前的人能够勉强看得出形貌……她这样絮叨着，一边抬起脸，努力地睁着那只病眼，眼皮却是抬不起来，一直半眯着，露出一点灰白的眼珠。祸不单行，六七天前，她走路一滑，仰身摔了一跤，背脊正好挺在石头上，当时就背过了气，过了个把小时，才慢慢爬起来。她掀起衣服后襟，让我看她的伤，说："是不是青的？"我一看，没有破皮，没有瘀青，没有发肿等任何异样，只在她手按的地方，略有一些红点而已，像轻微的疹子。

"没有吗？"她似乎有点遗憾，"医生说有蛮厉害的。看来弄了药，还是有用。"

这里虽然公路硬化了，但因为太偏，极少有车有人，摔倒在山路上,更难有人发现了。我说:"你喊老冯来背你呀。"

"我没喊他。"

她一直对老冯有情绪。老冯喜欢喝酒,一喝够就骂人打人。她不怕他骂,但怕他打。

前年七月的一天,老冯骂了她一整个下午,到晚上都没歇嘴。她一直提心吊胆,准备挨他的打。虽然最终没有打,然而这预备挨打的惶恐,一点都不比挨一场打好受。她实在是受够了。到晚上,趁着老冯睡着,她连夜跑了。

她从没有出过远门,这一跑居然就跑到了福建泉州。

借了车费钱,坐了一天一夜的长途大巴,第二天上午到达泉州,一出汽车站就盯着招工的宣传单,要找一个打工的厂子。

她是读过初中的,街面上的字大多认得,所以尽管是第一次到外省的大城市,她也并不害怕。对个人的安全,她也完全不担心。临时借的300元钱全给了司机,自己一分钱都没剩,别人抢钱也没有可抢的。在春泉村的山坳里,每年都要守几个月的野猪,深更半夜一个人守,她都不怕,这人来人往、车水马龙的大城市,只会叫她安心,不会叫她害怕。她是55岁的妇女,以她的相貌,说60岁别人也信,这样的年纪,穿得又土,走在街上,纯粹就是一个捡垃圾的老婆婆,谁看见都会自觉地离得远一点,所以事实上,她也没有什么人身安全的危险。她就沿着街道直直地往前走,一路搜寻店铺门上、路边院墙上贴着的招工信息。这样的信息不少,但百分之百都有年纪的限制,她是被排除在外的。她似乎到了青阳,因为"青阳"两个字不断出现在招牌、广告上,而到黄昏时候,就不知道是哪里了。终于她看到路旁一块独立的广告牌,上面写着:福建集成伞业有限公司招工,男女不限,35岁以上,60岁以下……已经疲惫至极的她,这时立刻有了精神,就循着广告上所写地址一路打听了走去。她身上一分钱没有,吃东西都没钱,更不用说打车,除

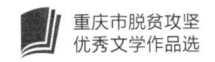

了步行没有别的办法。天渐渐黑了，路旁的店铺渐渐稀少，然而前往伞厂的路线并没有错，只有继续走，却是走到一片墓地，有一些放置骨灰的房屋，远近无人，一片寂静，于是她就在屋外，靠着墙坐下来。凉风习习，她睡着了。

她第二天上午就顺利进到伞厂，中午就在厂里吃饭，还是出门那天在家里吃过晚饭——因为碗被老冯摔掉，也不敢重新拿碗添饭，饭是没吃饱的，将近3天，这才吃到第一顿饭。饿得太久，胃疼，只吃了半碗，她就吃不下去了。

她本来是极勤快的人，在家里干活也就像男人一样，从来不知道苦和累。到了伞厂上班，她就唯愿天天上班天天加班，好多挣工资。伞厂的活也简单，无论是上骨、装伞珠还是踩衣车缝合伞面，她都能很快掌握要领，做得不差，每天都有一百多元收入。在这厂里本来可以一直干下去，不料到第二十八天，手里在做活，脑子里走了神，她想起春泉村那个家，想起读书的娃娃，想起老冯的打骂——真是上辈子造的孽，上辈子欠了老冯的，所以这辈子给他打骂……想着想着，就像老冯已经来到身边，已经喋喋不休在叱骂，已经提起木棒打下来——她的老毛病，就这样发作了：浑身发抖，冷汗淋漓，然后倒在地上人事不省。在家里她经常会这样发作，少则几分钟，多则半个小时，时间一过，自然醒来，什么事都没有。伞厂的人都不知道她的情况，赶紧拨打120急救电话，把她送进医院。在病床上躺下不久，她就醒来，害怕花钱，坚决拒绝治疗。厂里担心她再发病，给她开了一个月工资，她就领了3000多元工资从伞厂离了职。离开时，负责的人同情她，给她两百元，她没要。她说："穷要穷得志气，饿要饿得新鲜。不是自己挣的，我不要。"离开伞厂后，还是在永和镇，她很快就找到一家餐馆，洗碗，每天工作12个钟头，不停地洗，日工资100元，洗到最后，双手一沾水就疼，没办法，领了27天的工资，又换一个地方，进到一个服装厂折衣服。一个多月后，妹妹打来电话：母亲病重，她就回到了巫山。第二天，母亲死去。办丧事，老冯自然也在，当孝子，礼数周到，完全尽到女婿的义务和责任。两口子碰面、说话，她就像她从没有外出打工过。丧事办完，她就跟着老冯回到了春泉村。

活到55岁，这是她唯一一次出远门打工。她起先想的是一直在外面打工打到老，但还是回来了。

在春泉村，她不辞而别、音信全无的三个多月，老冯气得发疯。以他的脾气，他恨不得挖地三尺找出她，然后狠狠地打她。一个人在家的日子不好过，又是牛，又是羊子又是猪，光这些牲口都不是一个人能照管过来的，何况还有十来亩田种着，一天三顿饭还要自己煮了吃。没有办法，老冯把牛卖了，羊也卖了一半。因为急着要卖，价钱上就吃了亏。老冯喝酒喝得更多了，一喝就醉，一醉就对天对地地咒骂。要骂的人不在眼前，骂了不中用，他想到一个办法，把她的全部衣服找出来，堆在地上点火烧。有村里人路过，他生怕别人不知道，大声地告诉他们："我在烧她的衣服，烧了她就会死了，哈哈……"只有人死了，才烧死人的衣服，老冯想到并实施这个恶毒的办法，真是有些疯狂，让人害怕。

他巴望她死掉。他自己也寻死，希望喝酒死掉，就猛灌自己，第二天发现自己没死，于是一边号啕大哭，一边又上山去放羊，去田里除草。

他终于认识到，这个家不能没有那个已经逃之夭夭而现在终于回来的女人。

向大姐说："我再也不允许他喝白酒了。他现在就只喝啤酒。你看，这两件啤酒，就是他女婿才给他买来的。"在我坐着的椅子旁边，的确有两件啤酒。堂屋方桌下面，也的确码了一堆空啤酒瓶。

白酒不喝就不喝，老冯也许心甘情愿从此被女人管束着。

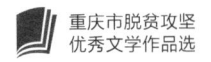

他们还是有感情的，毕竟一起在这山坳守了半辈子了。

从向大姐出走过一回，两口子的感情应该是更深了。

向大姐说："他只要不喝酒，还是要得！主要是人勤快，脑瓜子也不笨，也从不乱花钱，除了买酒喝。我现在眼睛也不行，风湿毛病也一直不好，手膀子使不得力，原来能做的活路，三股只做得到一股，家里的活路，主要还是靠他……"

他俩是初中同班同学，他俩的婚姻，在他们那个时代的巫山农村，倒是比较少有的从自由恋爱发展而来。我相信，老冯身上一定有吸引她的地方，不然她不会从低山嫁到高山，来到一个那么偏远的山坳，跟老冯一起生养三个儿女。

这些年，夫妻俩挣到的钱，除开她治病花掉一部分，就是给大儿建了一座漂亮的砖混平房——站在老冯家院坝，望向对面山坡，松林掩映中，看得见房子的一角。大儿已经三十四岁，谈了一个贵州的女朋友，年底要结婚，还要在县城买房子，差的是钱——当然，那就主要是大儿自己的事情了。小儿刚刚职高毕业，读书用功，考取了大专，家里为他读两年大专还得准备足够的费用。给大儿建房，供小儿读书，对两兄弟，这也是公平的。自己住的这个房子，墙也没有粉，院坝也没有平，屋里家具也没有，连接公路的便道也没有硬化，这些，都需要钱。所以，眼下，两口子还得继续努力，继续种好十亩田——按照村里的产业规划，田里已种植了核桃、板栗，目前树苗还小，还可以再间种两年苞谷、洋芋、红苕，不管值不值钱，喂猪总是有用的；继续养着二三十只羊，这是重要的经济来源；继续养着一群家禽，自己打牙祭；老冯，也继续在周边打一些零工，挣点现钱；向大姐自己的眼病治好后，也要继续钻山林摘金银花，找野菌、野板栗，秋天爬树摘松果，一年再怎样也可以挣到一万多块钱……

山林越来越密，野猪越来越多，还是保护动物，打不得套不得，种好的苞谷、红苕、洋芋，如果不守，就只有供给它们啃。所以，一到庄稼成熟的季节，只有一个办法，到田里一通宵一通宵地守着。昨晚，就又是一通宵。老冯守枞树坡，她守沙窝子，两个地方各有四五亩地，都是种着苞谷、洋芋，苞谷还只是嫩秆子，但洋芋是正挖的时候。从天一黑，两人各拿一个电筒，各自坐在石板上，听见野猪来了就起声吼，狗也叫，野猪才不会下田。到夜里三点钟，心想老冯白天还要去为公路勘探打钻，不休息一下可不行，于是她就到沙窝子来，让老冯回家睡觉，留下她在两处来回跑着守。就这一耽搁，再上枞树坡去，就见苞谷垄子中间，一大六小一窝子，七头野猪正拱洋芋拱得欢。天亮过细一看，损失了两背篓洋芋，大概一百几十斤。

　　站在院坝旁边的山梁上，眺望山坳中一片田地，只见青葱的苞谷林在阳光下反射出灼目的绿光。向大姐拄着木棍走进苞谷垄子中间，她个子不高，一进去就被苞谷遮没了。

　　我离开老冯家的时候，老冯还在村里干活没有回来。春泉村因为海拔高、植被好，现在村域全境已纳入规划，将要投资一二十亿元，建设生态康养旅游区。目前，已先期启动修建一条公路——未来的大通道，连接县城、巫山机场和春泉村，部分路段直接对原来的村道进行扩建，公路标宽12米，是现有村道的三倍宽，眼下正进行公路地质勘探。老冯就是同一些村民一起为公路地勘打钻，170元一天。未来十年，老冯在村里都会有打不完的零工。

　　他们夫妻俩，会把日子过得越来越舒坦的。

　　向大姐的讲述并不清晰。她提到了青阳、永和等等地名，但到现在她都没有搞清楚这些地方究竟是市、是镇，还是村。福建泉州，我也没去过，完全没印象。在网上搜索才知道，青阳属于泉州紧邻的晋江市下辖街道，永和属于晋江市下辖镇。搜索"从泉州汽车站到福建集成伞业有限公司"步行路线，360地图显示一条线路，

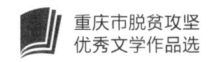

正是途经晋江市青阳街道，抵达永和镇福田村"福建集成伞业公司"，全程27.1公里。按照向大姐所述，她从抵达泉州汽车站的当天上午9点多钟出发，全程步行，第二天上午找到伞厂。对此，无论从线路、时间、路程去看，都是基本可信的。向大姐在春泉村生活了大半辈子，走山路如履平地，在城市平坦的马路上，一天半的时间走五六十里路，即或绕道多走一些冤枉路，实际也许步行达到七八十里路程，这对她应该都不是难事。只说，整整两天半，60多个小时的时间，不吃一口饭，还要步行七八十里路，这真是有点难——让人怜惜。

我久久地盯着电脑屏幕上那条蓝色的步行线路，仿佛看到向大姐像一只蚂蚁在陌生的城市孤独、执拗地爬行。

而实际，就在此时，沉沉暗夜中，在我北面那座高山最高的山坳里，向大姐应该是正打着手电筒，"哟嗬哟嗬"地发声喊叫，吓唬野猪……

这就是一个巫山女人。

我想，一定找机会劝劝老冯，老婆是用来疼爱的，不是用来打骂出气的。尽管我相信，现在的老冯，已经深刻地认识到了这一点。

第二篇

当好领路人

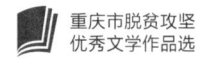

人物档案

陈勇，男，1974年6月出生，中共入党积极分子，重庆市巫山县双龙镇乌龙村村民，霜葩果树种植专业合作社理事长。

脆李园

双龙镇最有名的产业带头人是乌龙村的陈勇。他有一个很大的脆李园。

坐车到乌龙村，快到乌龙村委会的时候，公路顺着山势连续拐了几个急弯，到了每个弯道的外点，目光总会自然地落到远处一座名叫外坡的小山上去。这小山没有任何特别的地方，只是长满茂盛的草木。后来搞基本农田整治，在山坡上整出了一大片梯田。新翻出的红黄的泥土，整齐的田坎，像把满山盖着的绿布撕掉一块，露出了肉，十分显眼。然而，梯田整治出来之后却没有了下文，一直空着，撂了荒，新砌的田坎、新鲜的土色，渐渐地暗淡，渐渐地覆没于重新长起的荒草、灌木中。每次路过，遥望着，觉得困惑，还有一丝难过。多么好的梯田，白整治了。几年过去，再一次路过，终于看到了变化。整座山复归于绿。梯田的绿是整齐的，有行列的。远望也望得明白，梯田已经建成一个果园。心里便是十分安慰，觉得乌龙村终于干了一件实事。

那果园，便是陈勇的脆李园。

陈勇身材瘦削，戴着厚厚的眼镜，乍一看，不像干活的人。他本来是村医，开着小药店，还代理了移动公司在双龙及邻近福田等镇的移动通信业务，卖手机卡、充话费等等。陈勇人聪明，收入不错，在村里算是小康之家。

他家的房子，就在紧靠外坡山的公路边。山上那250亩梯田的撂荒，没有谁比他更觉得难受了。谁叫他家离梯田最近呢。

250亩啊，要是搞点什么就好了！——他心里一直潜藏着这个念头。

搞什么呢？巫山曲尺的脆李这些年价格卖得越来越高，一斤李子的价格最高可以卖到苞谷的10倍、洋芋的20倍。陈勇想到了种脆李。

巫山是种脆李的天然好地方，据传从唐宋时期就开始种植脆李。这里地处长江上游，是两湖平原与四川盆地的连接处，属于亚热带季风性暖湿气候，大巴山、巫山、七曜山三大山脉在此交会。巫山境内山高谷深，溪河众多，河谷两岸土质疏松，日照充足，雨量充沛，空气流通，为巫山脆李的生长提供了良好的基础条件，造就了巫山脆李独特的品质。巫山脆李属于青脆李，果形端庄，椭圆，一般约50克，大的可达100克，皮色青绿，成熟后青中略黄、披霜带粉，果肉为黄色，肉质脆嫩，甜中带酸，香味足。在品种众多的李子市场，巫山脆李以其独特风味赢得广泛青睐。2014年，巫山脆李被中国果品流通协会授予"中华名果"称号，巫山县也因此荣获"中国脆李之乡"称号。

2015年，陈勇流转了外坡山上30亩梯田，专门到曲尺买来优质脆李苗，全部栽种下去。

不知不觉，陈勇走上了与巫山县委、县政府的科学规划不谋而合的产业发展之路。2015年，巫山开始全面加速脆李发展，迅速布局脆李种苗基地建设，并联合重庆西南大学筹建巫山脆李生产标准化体系。2015年，全县新栽脆李3.5万亩，总面积近10万亩；2016年，县政府工作报告提出"种植脆李20万亩"的目标，经过几年努力，到2019年，全县实际种植25万亩。几年中，巫山脆李不断获

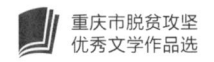

得更多新的荣誉，如农产品地理标志认证、"全国优质李生产基地县"称号等。全县1/3的贫困户依靠种植脆李脱贫摘帽。脆李，成了巫山最大农业支柱产业；巫山，已经成为名副其实的全国李子种植大县。2020年初，县政府工作报告提出再增3万亩，到年底，全县李子种植总面积达28万亩，全县所有适合种植脆李的区域，包括耕地、林地，从海拔200—800米范围，都栽上了脆李。

仅按25万亩脆李保守估算，平均亩产1.8吨，均价每斤5元，产值达4.5亿元。脆李销售还将直接带动电商、物流运输等上、下游产业。脆李，连同柑橘、中药材一起，成为巫山最负盛名的三大农业支柱产业，三者之中，随着短短几年时间种植面积的迅速扩大和经济效益的突显，脆李后来居上，成了三大支柱之中的排头兵。

小小的李子，完全不会想到它有今天的蜕变，有如此的身价和光辉。

陈勇并不太了解全县脆李发展的规划布局，他只是以自己的直觉和观察，从市场反馈中，不断明确和坚定自己的目标。第一年种植30亩；第二年，一鼓作气，投入全部积蓄不说，又狠狠地借了一笔钱，将外坡山上剩余的220亩梯田全部流转过来，全部栽上了脆李。

在他的示范带动下，乌龙村迅速冒出7个种植大户，平均每户种植150亩以上，建设了7个示范片，全村种植脆李2300亩，成为全县的脆李大村。

不知不觉，陈勇成了村里的致富带头人。以前他不怎么干活，现在不同了，偌大一个果园逼得他成为全村最勤劳的人。每天一早，陈勇就和妻子赶到果园，带领务工的村民劳动。一般人也许认为，种脆李比种庄稼简单省事，用不了多少劳力。如果只靠除草剂，只靠化肥和农药，确实会省事，也能有收入，但陈勇却是完全相反，他是怕没有事，尽力在找事做。他的果园，一年到头，除了两三个月可以休息，其他月月都有做不完的事情。冬月、腊月进行冬管，剪枝、刷白，施冬肥；二月开花要疏花；三月要疏果，要施春肥，这时草也疯长，要割草；四月，继续清园，施普通钾肥壮果；五月，果子开始膨大，营养需求旺盛，要根据果子、叶子等外观表现诊断营养缺失情况，缺铁补铁，缺锌补锌，及时对症施肥补充营养，这时草也重新长出来，要再割一遍草；六月，天牛多起来，要防虫害，要喷施规范的杀虫杀菌药物，防止果腐病，果子已进入增加糖分、提升口感的关键时期，要施高钾肥壮果；六月下旬开始采摘、销售，一直到七月，这是一年当中最繁忙、最抢时间的时候，像打仗一样，松不得半点神；八月、九月，施肥……

"李子都摘了，还施肥？"别人一听八九月还上肥，愣了。

陈勇说："好比孕妇生小孩，生了就不管她了吗？不管，身体马上垮了。所以生了娃还要坐月子，过细补一补，保证妈妈有奶水，并且把身体条件搞好，就好生二胎、三胎！"

说到割草，很多人也不以为然。以前都是打除草剂，打一次最少管半年，多省事，多高效。陈勇却是专门买了割草机，老老实实地安排工人割草，生生地把豆腐盘成肉价钱。陈勇解释：打了除草剂的田地，泥土板结，土壤结构破坏，肥力破坏，草都不长，李子树能长得有多好呢？结的李子能有多好吃呢？往后树还肯结不肯结呢……总而言之，除草剂有百害无一利。

别人反驳："那为什么国家还要生产除草剂呢？"

陈勇说："因为还有懒人嘛。"

争是争，闹是闹，事实摆在这里，陈勇用着笨功夫，种出了品质、产量都有根本保障的脆李。为此，他还给自己的脆李申请注册了"陈氏金果"的商标。

看吧，250亩地共9600多棵李子树，陈勇便是当作9600多位孕妇在精心服侍着。

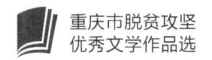

就靠着这种钻研、认真，陈勇成了远近有名的脆李种植技术专家，他也用自己科学的种植、管护，为全村、全镇的脆李种植树立了标杆。

来到脆李园，只见一棵棵李树像张着绿伞，把一片山坡盖得严严实实。所有李树一人多高，前后左右间隔5米，每棵树四面牵着细绳压枝。疏密有致的枝条上，挂满了果实。尽管年初因连续低温雨天导致出现李袋果病，病果畸变，中空如囊，好在后期管护跟上，果园挂果总体不错。尚未割草的田地里，杂草丛生，青翠欲滴。拨开草丛，泥土水汽充足，表面浅浅地盖着一层腐殖质。健康有活力的田地就应该是这样的。

村民越来越佩服这个致富带头人：戴眼镜的农民就是格外认真、讲究。村里成立霜葩果树种植专业合作社，大家一致推选陈勇担任理事长。学陈勇、跟陈勇干的村民越来越多。大家都不愿再当懒人，都想像陈勇一样种出品质有保障的脆李。此外，常年在他的脆李园务工的贫困户就有十来人，平均每天5人上工，在上肥、采摘等农忙时节一天多达30人。每年仅为务工村民支付工资，陈勇就要支出近20万元。致富带头人，对陈勇而言，真不是一顶空帽子。在村支书和村里其他干部的鼓励、帮助下，陈勇也积极向党组织靠拢。2020年3月，正是脆李花开时节，村党支部将他确定为入党积极分子。他的责任更大了。

眼下，李子渐渐成熟，巫山已进入一年一度的脆李销售季。微信朋友圈，李子的预售已经热闹非凡。"霜是日月的嫁衣，绿是唐宋的彩礼……"歌手祖海演唱的一首新歌《巫山有李》正唱响全国。县城里，各物流快递未雨绸缪，抓紧车辆、物品的准备，各果品门店也早早地堆码了脆李专用包装纸箱，更有性急的农民挑着脆李开始叫卖，那是低海拔区域的李子，熟得早一点，摘得也稍早，为着抢个利市。陈勇并不着急。两个月前，就有成都、北京等地经销商通过电话、微信联系,一周前更有老板赶来乌龙村,走进脆李园,当面洽谈收购事宜。就像胸有成竹、准备充分的高考学生,陈勇相信自己的实力,他考虑的,是要选对一个好学校,对得起自己和妻子一年的辛劳。为此,他也有充分的准备:线上、线下齐头并进,网络电商、果商收购同步运作。他要努力把脆李园的收益最大化。

脆李成熟的芳香,渐渐浓郁,弥漫在六月的巫峡两岸。

这是陈勇的果园,更是全县二十多万亩"巫山脆李园"在散发芳香。

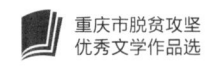

人物档案

彭斌，男，1991年1月出生，中共党员，重庆市巫山县曲尺乡柑园村村民，致富带头人，曲尺乡柑园村农村综合服务社主任，巫山县宝李水果种植专业合作社理事。

脆李芳华

雨一直下。

彭斌从300公里之外的垫江县赶回柑园村，冒着雨急匆匆走到自家的脆李园，眼前的景象让他两腿无法控制地发起抖来。他几乎没有力气再走进园中去。回来之前，从父亲的电话、兄弟的微信里，他已经知道今年脆李损失严重，他是有心理准备的，但园中李子败落的惨状还是远远超出他的想象。父亲、兄弟的描述，有图为证，肯定也不会瞒他。那么，也就是一两天的时间，损失又翻了几倍。

早知道老天爷这么狠地抢着收李子，他也用不着这么急地回来了。

他努力打起精神往果园深处走去。

今年的脆李一直长得特别好，饱满、整齐，每根枝条都是沉沉的一嘟噜果子。

这片脆李园有十来亩，是一个缓坡地，400多棵清一色的七八年的树，正是丰产期，如果天气好，全部采摘下来，得有20000斤脆李。

没料想从6月末起，雨水一直不断，7月中旬开始下起连阴雨，到现在已是十多天，并且还没有停歇的迹象。天是下漏了！在世的老辈人，估计都从没见过正当成熟期的李子会喝上这么多的雨水！整整一个多月，地里就一直淌着水。雨水绵绵，李树的根须、叶子不断地疯狂地吸收水分，又把水分源源不断地输送到枝条，强行喂给每只果子。果子喝饱了还要喝，不停地喝，最后只有愤怒地炸开肚子，或是干脆挣脱枝条落到地上，死给你看。

不仅仅是果子，好多枝条也不堪重负，生生把自己折断了。

果园在哭呢。

看着满地的落果，看着树上剩余的果子一个个全裂了口，彭斌揪心地疼。

他拍了脆李园的图片，拍了果子裂口的特写，又写了一段话发到微信朋友圈："这是答应给您留着的李子，已经是连续十多天的雨，还在下，裂口率达到98%！答应给您留着，我做到了，可老天不成人之美。就这样几十万元付之东流，让我欲哭无泪！"

一位顾客给他留言："货款不用退，预订明年的李子。"

一位上海的老主顾则留言让彭斌把裂了口的李子寄过去，价格还是原来的价格。

顾客、朋友的理解和支持让他感动。

然而，损失是实实在在的，心里的难过、痛苦一时半会儿不会消失。2020年7月，彭斌果园里500多棵脆李树，八成绝收，剩下100多棵晚熟脆李——但愿天气会有好转，那是今年唯一的希望。

本来，他是有机会避免这么重大的损失的。还在6月初，垫江某老总上门实地察看了他的果园，主动开了价，按每斤15元把全园400多棵树的脆李全部买断。这是比较合理的价格。关键是一次性卖掉，变现30万元，可以免去卖给散户的多少麻烦事。非常划算的买卖，但彭斌没有答应。因为还在李子开花和挂果的时候，一些顾客就早早地下了单子，有买500斤、1000斤的，更多的人也就是10斤、20斤，指定就买他这一片早熟、中熟的脆李。

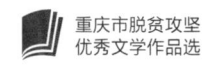

换了别人,这生意本来也很好做,还会皆大欢喜。像垫江老总这样规模收购的,优先考虑,果子变现为安。至于那些下了订单的散户,不管是老朋友还是新客户,就从其他村民那里挑选最好的脆李寄过去,保证让他们吃到地道的巫山脆李就是了。

但彭斌就是彭斌。种植、销售脆李的十年当中,他从来没这样干过。答应人家的,他一定按约定的去办,哪怕赔钱。他一直只卖自己的果子,一口价,每年会根据市场行情略有升降,但一定是柑园村最高,也是全巫山最高的价格,每斤单价铁定比同村其他果农的李子多出3～5元。

他有这个底气。他种出来的李子,味道的确要比其他李子好,一吃就知道。

他一直看重并小心维护着自己这块牌子。

哪怕损失30万元,虽然心里疼,他不后悔。

19岁那年冬天,母亲类风湿性心脏病发作,父亲也早就因肺穿孔失去劳动能力,弟弟还小,身体残疾,没办法,刚读大一的他辍学回到村里,当起了农民,挑起了家庭重担。

父母治病需要钱,钱从哪来,想来想去,只有一个办法,就是种水果。

柑园村紧邻长江,沙壤,光照足,自然出产的桃、李等小水果都好吃。村里也一直有种植桃、李、樱桃、枇杷、柑橘等水果的传统,品种齐全,四季常有,主要销往县城,是村里群众重要的经济来源。村里的老支书家种得最多,到他的儿子当上村主任时种得还多,有意无意地给村民带了头。彭斌的父亲老彭也一直跟着老支书种水果,勉强解决一些自己和妻子的医疗费。

彭斌辍学回家的那一年,夏天,桃子、李子熟的时候,就看见老支书在自家田边悠闲地蹲着,面前摆着一盅茶,手里拿着一杆秤,等客人自己去摘了桃子、李子来,他就称一称,然后数钱。这个令人惊讶的场景从此定格在彭斌心里了,他对老支书充满敬佩和羡慕。

彭斌跟父亲商量:最近两年,李子在市场上很受欢迎,价格逐年上涨,干脆就以种植脆李为主,其他水果慢慢淘汰掉。

他还真选对了路。仅仅两三年之后,脆李成为全乡进而成为全县特色高效农业产业的头号种子选手,并成功注册原产地商标,命名"巫山脆李",成为"中华名果"。巫山也成为全国有名的脆李之乡。

彭斌一头扎进脆李种植当中。有父亲手把手传授经验,他又常向老支书、村主任讨教,脆李种植全过程的技术要求,无论育苗、嫁接、冬管、除草、上肥、灌溉、防治病虫害等等,他都很快熟练掌握并融入自己的想法。回家的第二年——2012年,彭斌就种出了柑园村最好的脆李,一斤20元,创造了当地脆李售价的新纪录。这一年的丰收让彭家一下就打了个翻身仗,李子卖完,全部收入除开还完全家多年的欠账,老彭还拿着鼓鼓囊囊的包,到乡信用社存了10万块钱。

从这开始,脆李在柑园村迅猛发展起来。

柑园村,实在是中国脆李之乡二十多万亩"巫山脆李"的源头。如果要找一棵巫山脆李的母树,一定是在柑园。如果要找几位种植巫山脆李的先行者、带头人,也一定是在柑园,他们包括村里的老支书,包括老支书的儿子——曾经的村主任,也是现任村支书,自然,还包括彭斌。

彭斌的特殊还在于,他可以说代表了巫山脆李的最高品质。

十年不断的钻研、摸索,彭斌对种植脆李有了自己的理解和认识:第一,脆李育苗可以硬枝扦插,可以断根育苗,虽然出苗低,推广慢,但能从根本上保证脆李品质;第二,用桃树苗作砧木嫁接脆李,虽然利于规模发展,但脆李品质不纯,口感会有变化;第

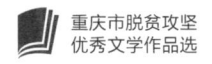

三，脆李，包括其他任何水果，不能一味追求果子个头，个头大，味道不一定好；第四，巫山脆李作为中华名果，其最大优势是品味独特，脆、甜、香，所以脆李发展一定要始终把口感、味道放在第一位；第五，施用化肥要控制，要适量，要多施猪粪、鸡粪等农家肥，这样的果子香味浓；第六，绝不打除草剂，除草剂会破坏土壤结构，并且是长期性的破坏，对脆李品质影响很大；第七，脆李采摘的时间点，尽量保证果子成熟度达到80%，不低于70%；第八，适当粗放管理，让李树自由生长，结出的果子说不定会带来意外惊喜……

在自己的脆李园，彭斌特意地留了一棵老树，几乎是放养，也不剪枝，也不压条，施肥都少，结果年年结果结得多，味道好，虽然果子小，仅是其他果树果子的一半大，但进园采摘的客人一尝，大果子都不要了，老树的小果子却一下子摘了个精光。

但市场上，却一定是个头大的脆李吃香，一斤20元、15元的脆李，就没有小个儿的。这到底是谁带偏的呢？是顾客？还是水果经销商、超市、水果摊贩？让人费解。

彭斌的这套脆李种植"理论"，也许仅仅适合他个人的脆李园，适合小规模、精细化种植。

但保证脆李的品质，保证其最大优势，其实也是巫山脆李规模发展、长远发展的根本所在，的确值得思考，理应引起重视。

彭斌成了远近有名的脆李土专家，每年，县农广校都请他为各乡镇的脆李种植户讲课培训。

垫江一老总吃了彭斌的脆李，认识了他，三年前，邀请彭斌以技术入股，在垫江流转了上千亩土地，投入2000多万元，建设精品果园，种了脆李、桃等多种水果，走生态有机路线，目前已初见成效，彭斌每年也有稳定分红。

老彭夫妇何其不幸，两口子都受着病痛折磨，他们又何其幸运，生养了两个特别争气的孩子。小儿子从小失去两只胳膊，就靠着两个光秃秃的上臂费劲地读书写字，考上重点高中，又考入大学，现在就读重庆科创职业学院大学二年级，虽说身体残疾，但性格好，独立生活能力强，根本不用家里操什么心。大儿子彭斌更不用说，从辍学回家就成为家里的顶梁柱，还很快成长为村里的致富带头人。没几年，家里买了车，又在县城买了230平方米的大房子，跃层，一家8口人住——是的，8口人，父母、弟弟、妻子、三个孩子，加彭斌。

这是一个多么兴旺的家庭。

今年脆李因灾受损，损失还不小，但对这个家庭也并不会造成多大的打击。十来年的脆李种植，经济条件的不断改善，已让彭家完全具备了抗御一般困难的实力。而且，尽管400多棵脆李几近绝收，也还有100多棵晚熟脆李留有希望——根据天气预报，雨天很快就会结束，这个夏天迟到的高温、晴天已经赶来。晚熟脆李如果卖得顺利，今年的脆李仍然会给彭家带来十来万元的收入。

农业靠天吃饭，今年的教训深刻，应对异常天气将成为彭斌考虑的重要事项。天旱不怕，政府投资建设的灌溉系统非常完善，有完全的保障。怕只怕再来今年这样的连阴雨。为此，村里许多果农开始购买钢丝、油布等材料，尝试在需要时为李子树搭棚遮雨。彭斌比他们考虑得更周到，他已经联系并实地考察了一些生产加工大棚的厂家，计划专门针对坡地定做加工钢管架。资金方面，县农商行也已表示大力支持。明年，他那十亩脆李园建起大棚，不管是旱是涝，老天爷要抢他的果子，都再不会那么容易了。

此外，在脆李销售上，他还会作一些改进。彭斌的牌子，他会一直维护下去。诚信经营，也是他人生的信条，他会一辈子坚守。但脆李预订的时间点，要吸取教训，不能太早，太早就把自己拴死了，避让风险就不那么自由。脆李采摘的时间点，在保证脆李口感

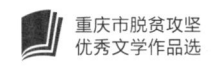

的前提下，还应稍微提前几天，哪怕提前一天，防控各种风险的可能性就会大很多。作为柑园村脆李种植专业合作社的理事，他还希望能带动和组织更多村民，共同维护并不断提高巫山脆李的品质，这对大家都有好处——柑园，是巫山脆李的源头呢！

彭斌是瘦高个儿，骨头架子在那儿，太单薄，像还在长身体。他穿着牛仔长裤，短袖衬衣，扣子一扣到顶，细长的脖颈上，有一张瘦削的偏黑的面孔。他自己不说，谁相信他已经是三个孩子的爸爸呢。他才29岁，面孔是29岁，说话做事却像39岁、49岁那么稳重、成熟——没有办法，他是一个八口之家的顶梁柱。

有那么一刻，说到孩子，他突然哭出了声。

妻子怀第二个孩子的时候，他查出肺结核，住院治疗，又是输液，又是吃药。亲戚朋友都说，孩子肯定受到药物影响了，打下来最好。再三犹豫，害怕孩子畸形，害怕家庭负担大，最终选择打掉。

"我对不起我的娃娃！"他抽噎着，流出眼泪。

他要为现有的三个孩子努力创造最好的条件，对那个没有来得及出生的孩子的爱，他要加倍地倾注在三个孩子身上。

外面又下起了雨。彭斌清瘦挺拔的背影，和院坝边的一棵李子树并肩而立。

令人肃然起敬的青春！

更远处，山坡上，成片的李子树，青幽幽的，淋着雨。

人物档案

谭军吾，男，1985年1月29日出生，中共党员，重庆市巫山县邓家土家族乡楠木村村民，楠木香农家乐负责人。

楠木香

连续两个清晨，我被窗外呼啸的风声惊醒。其实，从下半夜起，风已经开始在刮了。只不过，人在睡梦中，感觉风是若有若无的。到天亮，人本来也快醒来，那就不同了。从窗户看出去，山头树木近在咫尺，满天深深浅浅的云雾压下来，急速奔流，树木就像激流中的水草在抖动。高八度的风声，似乎就是云雾急速奔流时发出的呼喊。这是要来一场雷暴雨吗？不会。像昨天一样，风声呼啸半个小时之后，天开云散，又是万里蓝天。

这是海拔1700多米的楠木村易地搬迁集中安置点。因为海拔高，因为地势的孤然耸立，我以为，大风和乌云从半夜开始的搏斗或嬉戏，也许就是楠木村安置点独有的保留节目。

安置点位于山顶，准确地说，是一座大致东西走向的山脉尾部的顶端，当地人称小茅坝。除了东面，其余三面都是悬崖峭壁和陡坡。北面悬崖高有一百多米，下面接着一块台地，为邻村所有；南面悬崖直下四五百米，然后连接着三四十度的陡坡，下插一千多米直达谷底溪河。人从谷底仰望，只见几块屏风、两支柱头似的山崖立地顶天，崖头云雾缭绕，无比巍峨、险峻。

那上面应该是神仙，或是练功修道之人的居所，但居然就建起了一个集中安置点。

到安置点只有唯一一条路。从东面的垭口——村民称之为城门

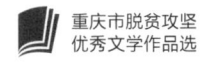

垭，穿过一百几十米的绝壁公路，就看见一座山门，门楣上写着"楠木"两个大字，这就到了安置点。进山门，是平直的一条街道，靠左是新建的一溜"四类保障房"，都是五十平方米一套，连成一长排。靠右，一片空坝过后，就有两层、三层的房屋，各家房屋都有独立的院坝，矮墙隔开，各有装扮。这一排房屋的街对面，是一个小广场，装有篮球架。广场靠后，将山岩挖进去，建起一座三层的小楼，是村委会办公楼。所有这些房屋，包括保障房，包括村委会办公楼，都是前年刚刚建好，一色新。

小茅坝整个安置点，都是新的。

原先这里只有小块槽地，用挖掘机从两边岩山硬生生挖出大块地坝，同时用开挖的土石填到低洼处，才拼成了眼前比较宽阔的街面，才摆下了这许多房屋、建筑物。

安置点现今有村民24户，5户开办了农家乐，主要为避暑纳凉的游客提供食宿。

我住在一个叫作楠木香的农家乐里。农家乐的男女主人都年轻，三十出头，丈夫谭军吾，是退伍军人，妻子是村里的团支部书记。

很早以来，小茅坝其实一直有一户人家居住，像神仙一样。十四年前，这一户发了家，搬走了。刚从部队退伍的谭军吾看好这块地方，买下这家的房屋和山林，全家从邻村搬到了这里。

建设集中安置点，谭军吾率先把老房拆掉，以自己和父亲两户六口人的名义合建了新的楼房，第一个开起了农家乐。

靠着一段绝壁公路，靠着悬崖顶上的神奇村寨，靠着四周迷人的风光，楠木香自开张以来，就从全乡20多个农家乐中脱颖而出，格外具有竞争力。每到夏天，楠木香21个房间就没有放空的时候。连续两年，武汉有三对夫妇一到7月就来到楠木香，各自长租一个房间，一住两个多月，直到天气转凉才离开。今年，他们又来了。每天，没有预订的散客络绎不绝，自家接待不了，谭军吾就向安置点其他4户农家乐推荐，保证让客人在小茅坝有吃有住。

从七月到九月，那是小两口最忙最累的时期。早上五点，夫妻俩就起床开门，一会儿，请来帮工的3位村民到了，就一起收拾卫生，为客人准备早餐。早餐吃过了，收拾停当，到9点，就开始准备午餐，按每10人一桌算，一般要准备四桌。中午顶多在椅子上眯糊一下，接着就准备晚餐，一般也有四五桌，如果有临时赶来歇凉吃饭的，又得增加一两桌。等客人吃喝完毕，又是一番洗刷，打扫卫生，一切忙完，就是晚上十一二点钟了。

这样的忙碌是快乐的。

两口子年轻，让他俩这样一年忙到头，他们也会乐意的。

算了一下账，仅仅热天生意最好的三个月，楠木香的毛收入能达35万元，按农家乐一般30%的净利润，盈利能有10万元出头。照这样看，农家乐投入的一百多万元，大概10年能够回本——已经是第三年，还有七个年头。对此，谭军吾十分开心。

他最开心的，是楠木香接待不了的游客，能向安置点其他几户农家乐推荐过去。

紧挨着的彭治平家的"仁义农家乐"，一周前，就有6名外省客人入住，也是打算住到天气转凉才走。他们就是谭军吾推荐过去的。当初，为了动员彭治平搬迁到安置点，谭军吾跟村里其他干部至少五次登门做思想工作。作为深度贫困户，彭治平享受生态搬迁、"金土地"等多项政策补助，搬迁建房一分钱没花。搬迁之后，村里安排他负责2.5公里村道清扫保畅，每年可享受公益岗位补贴一万多元，为他患病的妻子办了低保。家里住着两层楼的新房，办起了农家乐，有8个床位。第二年，儿子就找到女朋友，跟着结了婚，彭治平家搬迁后的生活幸福极了。

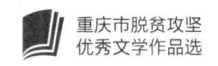

就像彭治平一样，这里其他22户搬迁户，没有哪一家，不是村支两委干部反复上门宣讲政策，消除他们的疑虑，增强他们的信心，最终说服他们搬迁上来。

这个安置点的建成，从乡党委书记、乡长，到村里的干部，很多人付出了心血和汗水，但毋庸置疑，作为时任村干部，同时也是安置点搬迁户的谭军吾尤其值得记上一功。

楠木村原1、2、3组交通不便，生产生活条件极差，比较多个方案，大部分村民只有通过易地扶贫搬迁才能从根本上解决脱贫问题。但楠木全村的地形就是一座山、几面坡，而且坡极陡，全村上下几乎找不到像样的可以集中安置农户的平坝。

那时，乡党委书记万祖国在多次实地调研之后提出：全乡正在加快发展乡村旅游，小茅坝又凉快，又有风景，又还稍稍有点平地，是建设集中安置点的最好选择，有利于带动老百姓增收致富。

除了小茅坝，把整个楠木村扒拉个遍，也扒不出另外一块巴掌大的平坝。万祖国的提议得到一致赞同。万祖国说："关键只有一个问题——老百姓愿不愿意搬上来？"

楠木村的干部都说："只要政府把水、电、路、讯配套到位了，搬迁户，我们一定引上来。"

时任村副主任兼综合治理专干的谭军吾说："我带头！"

说到做到，整整半年时间，村支两委干部在符合条件的30多户村民家中来回跑，最终，三分之二的户被说动了。

谭军吾第一个拆掉老房子，第一个建起新房。

小茅坝集中安置点就是这样来的。

现在，除了自己同父亲两家，其他22户群众集中安顿下来，生活条件得到根本改善，但以何为生和长远发展的问题却越来越现实。原来的耕地已离得很远，部分群众骑着摩托耕种，既不方便，也增加了成本。产业支撑和长远发展靠什么？还是当初规划的，只有靠乡村旅游。

谭军吾就努力做给大家看。通过小两口不断努力，"楠木香"已经经营出效果，示范效应出来了。彭治平家的"仁义农家乐"，左茂兴家的"钊钊农家乐"，陈云平家的"木楠农家乐"，黄若俊家的"定和农家乐"，都在接待游客，收入不断增加；眼下游泽平、谭发银等3户群众正给房子加盖二层，改装房间，也要办起农家乐，计划明年开张迎客。

楠木村集中安置点的乡村旅游已经初步形成了品牌。

乡政府进一步加大投入，对安置点街面进行美化、亮化。沿街安装了路灯，人行道铺了防滑砖。道旁种植了红枫和各种花卉。每一棵红枫边上都用红砖砌出圆柱的花台。红砖错落，中间留着蜂窝一样整齐的空洞，很是别致。在安置点前后山崖的林中，修建了观光步道、亭台。街面留了一半的空地，加以整理，适当扩充，未来还可以吸收二十多户群众搬迁入住。目前，已有部分村民表达了搬迁的意愿。

原来是动员大家搬，要反复给人做工作；现在，安置点的条件越来越好，乡村旅游越来越兴旺，主动要搬的多起来，但安置点地方不大，容量有限，那就不是想搬就能搬的了。

肯定地说，再过几年，小茅坝一定是一个繁荣兴盛、别具韵味的热门乡村旅游点。

大风停息，微风习习，晨光熹微，我踏上"楠木香"对门山上的步道，走入林中。落叶松、榆树、高山杜鹃、黄杨木吐露着各自的气息。信步而游，走完前面山头的步道，过了安置点的山门，又转入后面山崖上的步道。登上最高处，放眼四望，远处的山峦重重叠叠，盘旋的公路像一根根白色的带子，穿行在莽莽青山之中，拎起了山中那一处处白墙的、红瓦的房屋。

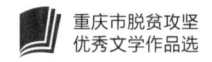

那每一个村庄，每一个安置点，每一户人家，都一定像眼前的楠木村安置点一样，有它的美妙、有它的憧憬。

那每一个地方，我都想走拢了去亲眼看一看。

人物档案

刘敬春，男，1984年11月出生，肢体一级残疾，中共预备党员，重庆市巫山县双龙镇安静村6组村民，致富带头人，巫山县油坊坝水果种植专业合作社理事长。

还账

多少人盼着穿镇而过的高速公路开通啊！

镇里中心位置规划有一个高速公路下道口，高速一通，城里来的客人多起来，什么生意都好做了。

刘敬春也是这样盼望着，肯定还比很多人盼得急切。

他是安静村6组村民，住在村委会办公楼附近，但他在白坪村有一个葡萄园。三年前，他之所以敢接手那110亩的葡萄园，也就是想到高速公路会通，而且，高速公路下道口距离葡萄园只有两公里。本来，讲实际条件，安静、白坪两个村假如有一百个人可以接手果园，刘敬春都只能是这一百个人之外。但最后，却是他几乎抢着接了手。一方面，他是敢想、肯干，另一方面，也是家庭情况所逼，他要还账。

大儿子患有严重先天性唇腭裂，前后三次手术作了矫正。儿子还在医治中，自己又突患腰椎疾病，整个下半身动弹不得，肢体一级残疾瘫痪在床。整整半年，吃饭都是妻子端到床边来喂他。腰病还没好，左侧大腿根部又长出一个包来，疼痛难忍，医院说是疝气，切开，并不是疝气，放出脓血，疼痛渐渐消失，奇怪的是，访那么多医生吃那么多药都不见好转的腰病竟也跟着渐渐好了很多，好得让他自己都莫名其妙。十足万幸，儿子手术成功，自己也基本

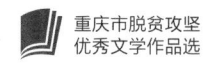

恢复健康——只是累不得，弯腰稍微久一点就不行，也干不了重体力活。家里因此欠下20万元，刘敬春成了安静村首批建档立卡贫困户。地有2亩，种着苞谷、洋芋、红苕，解决全家温饱没有问题，但没有多的收入。刘敬春凭着聪明好学，开着村里唯一一个摩托车维修店，但业务量少，也挣不了多少钱。全家一年的收入撑破天一万元，就靠这一万元，要生活，要还账，不想办法不发狠，20万欠账哪年哪月才能还清！

一段时间，刘敬春像疯了一样，脑子里全是怎么挣钱怎么挣钱。镇里、村里举办的种植、养殖培训，除非不晓得，晓得了他一定去参加。不记得参加过多少次这样那样的培训之后，机会终于来了。

2017年3月，邻近的白坪村有一个葡萄园要转让。葡萄园面积大，平展，土好，用水也充足，尤其交通方便，已经有机耕道，高速公路通车后，从下道口到葡萄园只要不到十分钟时间。刘敬春知道这个葡萄园，多次从那儿经过，只看见野草长得又深又密，葡萄苗子瘦巴巴的。多好的一个果园，白白地荒废着，可惜了，刘敬春就像自己的果园一样心疼着。他激动不已，这是他的机会。又担心其他人跟他一样看好这个葡萄园，要跟他竞争，他不能太犹豫。但转让费要20万元，另外每年土地流转费6万元，后期也肯定少不了新的投入。本来一屁股账就压得一家人霉兮兮的。除非不搞，一搞就是大场合，父亲有些害怕："娃娃，搞不得！老账没还又要添新账，再借不得钱哒，又有哪个敢借给你啰？"

刘敬春说："爸爸，您放心，这个葡萄园，原来的老板是没认真管，我是本地人，天天守到整，不怕整不好它。那么大一个果园，搞上路了，挣钱快呢！"

"吃屎的命你莫想到吃肉，那些大钱不是好挣的。"

"就是想着吃肉嘛。再说，哪个说我们天生就是吃屎的命哪！"

父亲的担心和劝导反而激起了他的斗志。妻子从小受过苦，对跟定的这个男人，从来都是默默地支持。村委会本来要找贫困户激发内生动力的典型，难得遇到这么敢想敢干的，也支持，并且迅速地把支持付诸行动，帮助办理扶贫小额信贷，该享受的政策也向他倾斜。亲朋好友知道他干正事、吃得苦、讲信用，都愿意再支持他一把。东拼西凑，25万元借到手，葡萄园成刘敬春的了。

账本上的欠账总额，达到44.75万元。

刘敬春和妻子一头扎进葡萄园，不要命地忙碌着。为了节省工钱，也实在请不起工人，园里的活儿，只有夫妻两人自己来。除草、整地、起垄、补苗……2万株葡萄一窝一窝去培土、施肥、搭架、剪枝……东倒西歪的水泥桩一根一根重新栽正栽稳，原来的钢丝绳只拉了一根，不够，增加了两根。半死不活的葡萄园活过来了。当年，葡萄销售近万斤，卖了6万多元。

这时候，以前跟他有过节的人向村委会提意见：那个刘敬春，又是摩托维修，又是上百亩的农业项目，这能当贫困户吗？

刘敬春找到村支书，说："把我家的贫困户帽子摘了吧。"

他要当个硬气人。贫困户的帽子，戴着并不光荣，别人要争，让他们争去，他没有工夫跟别人争。有那点工夫，他不如花在葡萄园里。

因为种出的葡萄为紫色，晶莹透亮，他就给果园取名为紫光葡萄园。有光，多好，亮闪闪的，照得人心里也亮堂。卖过一年葡萄，他也有经验了，他一定要种出市场欢迎的好葡萄，那就是：绿色无公害。他注册了商标，专门聘请技术员，严格科学种植和管护，严格规范使用农药，绝不使用除草剂，施肥则全部从几十里外的养殖场买来农家肥发酵以后再施用。在扶贫政策支持下，灌溉配套，硬化道路通达果园，葡萄园像病孩子给彻底治过来了。2万株葡萄一行行站得整整齐齐，像操练有术的队伍，精神勃勃，气势逼

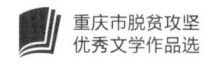

人。连续两年，产量不断增加，品质越来越好，名声越来越响，夫妻俩尝到了规范种植、规模发展的甜头。

一鼓作气，在村支两委支持下，刘敬春在本村又流转了300亩土地，种植了优质柑橘。

本来葡萄园已经逐年小有收益，但收益大部分还得投入到新建的柑橘园里去，所以，还账的力度，目前的确不够。

从接手到现在，今年是第四个年头了。四年的辛苦侍弄，葡萄园正逐步进入丰产期。可惜今年葡萄开花时天气不好，遇上连阴雨，又是持续低温，花没开好，挂果不佳。

但对今年的收入，刘敬春心里有谱：只要管护搞到位，销售做好，收入20万元还是没有问题的。

对未来的葡萄园，刘敬春心里也有谱：葡萄园全部进入丰产期以后，只要老天不作怪，不大旱大涝，把病虫害防控搞好，把线上线下的销售努力搞上去，每年200万元的毛收入，应该是有的；除开一切成本，纯收入50万元，应该是没有问题的。

再过五年时间，柑橘园也开始见效，投入逐年减少，那时，还完所有欠账，应该完全能行。

那一天，将是多么轻松、幸福！

想到这些，刘敬春瘦削的脸上露出自信的微笑。

在初夏的阳光里，葡萄园蒸腾着郁郁生气。刘敬春站在葱茏的葡萄中间，正像一株充满野心的葡萄王，率领着千株万株葡萄，贪婪地吸吮阳光，劲吼吼地生长着。

人物档案

刘小红，女，1967年4月出生，中共党员，中华全国工商业联合会旅游业商会常务理事，重庆鹜舜文化传播有限公司董事长。

石上生花

慕名往白坪村去看石上生花，一个两年前开始打造的乡村旅游点。

心里在想，也许是那里有很多古生物化石，如三叶虫、菊花石等等——这是极可能的，巫山所处地区在史前本来是汪洋大海，所以很多乡镇山上都可找到海生动物化石；又或者是那里有一块、几块山岩，因风雨侵蚀，岩石表面现出了花草树木的图案，所以取名石上生花吧。

这个旅游点的负责人刘小红，我是见过的。20多年前，在巫山小三峡平河旅游度假村，篝火腾腾，一个年轻的女人主持晚会并表演节目，身材娇小，声量却很大，语速又快，在人群中穿梭应酬，就像移动的一簇篝火，努力把每一个人点燃。那就是刘小红，时任度假村总经理。

新铺的柏油路七弯八拐，来到白坪村最高处的一个山坳。路旁的农房做过风貌改造，砖混小楼不说，就是土墙瓦顶的老房子，墙面刷了偏亮的黄色涂料，瓦顶也修葺一新，水泥地院坝边栽花种草。绿树、绿庄稼、亮堂的农家宅院，让黑色的柏油路串连着，一切都是那么整洁有序，令人爽目舒心。猜想，这应该是石上生花的前奏了。

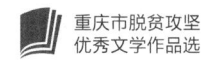

果然，公路再一拐弯，再上缓坡，就看见路旁的招牌写着：石上生花。

蓝天白云下，一大块草坪铺满山坳中的谷地。草坪上，四处种着一些树状月季、山茶、紫荆、紫薇，月季开着或红或粉的大朵的花，山茶花也开着红色的花，紫荆、紫薇打着满枝的花蕾，快要开放了。草坪中央布置了心形镂空的藤编，这是吸引游客拍照的好道具。

石板小路向坡上蜿蜒，进入一小片柏树林。林中有秋千，有水泥做的树状桌凳。林子下边有两大间房屋，是民俗展览馆，两百多平方米，收藏了满屋的巫山农村老物件，大的有风车、木梯、石磨、衣柜、装粮食的扁桶等等，小的有蓑衣、马灯、油灯碟子、打酒打油的提子等等。这些物件现在用得极少了，像马灯、提子可能都快要绝迹了。把它们收起来，集中存放着，供人们回味和追忆，这肯定是有价值的，然而并不新奇。各地的乡村旅游，总会看到类似的展览、陈列。小路继续往上，经过一座坟墓，石碑还是新鲜干净的青灰色，就在路旁，就让它突兀着，并不采取什么办法去遮挡它。不知是有意还是无意，这座端庄的坟墓就像下边陈列室里那些老物件一样，成为巫山民俗展览的内容了。这倒有点意思。

小路迎面走来几位妇女，拿着锄头、撮箕，她们是在山坡上干活了下来。她们都是附近的农妇，是石上生花旅游公司常聘的合同工人，称为"花妈"。从过完年没多久，花妈们就一直在忙活——栽花。

沿着小路上到高处，忽然发现，已经置身一片嶙峋乱石中间。工人特意清除了杂草灌木，有些石头跟脚的泥土也还做了清理。一块块石头横卧着，侧倚着，奇形怪状，各具神态。石头之间的土沟，或是石头上面的泥窝，栽植了黄栌、元宝枫、玫瑰、杜鹃等花木。大多是新植，有叶无花。我大概明白：所谓石上生花，完全是写实——在乱石中栽植花木，花开之时就是名副其实的石上生花了。这么多奇异的石头，假以茂盛的花朵，姹紫嫣红中，冷与热碰撞着，硬与柔融合着，想象了去，当真是很诗意的画面。

只是，这里的石头未免太多了，多得让人心里发毛。放眼望去，这一坡，全是这样的乱石；这一片山坳，除开坳中谷地，两边的荒坡，也都是土少石多，乱石蜂拥。山头尽管绿意葱茏，仔细看，绿荫下面灰影点点，那也都是石头，像无数牲畜藏伏着静静地啃草。

没有好田，没有好水，只有乱石坡。这一座山坳，大概也就是整个白坪村的写照。用巫山的话说，这就真是屙屎不生蛆的地方。

这里是刘小红的老家。小时候，这一片乱石坡，这一座山坳，也就是她和姐妹们常来打柴、放牛、捉迷藏玩耍的地方。这些千姿百态的石头黑影，永远印在她的心底，带着一种说不清道不明的沉重和压迫。

脱贫攻坚深入推进，高速公路将要穿过双龙镇，小三峡水陆环线旅游规划已经落地，白坪村距离未来的游客中心只有十来公里……20多年后，逼促刘小红走出巫山闯荡的、那许多石头的暗影一个个活动起来，似乎在向她发出呼唤：她应该回到白坪，努力做一点什么。

很多城市景观，没有石头要找石头，或者用水泥堆砌假山假石头。老家的乱石坡，石头密密麻麻，个个有造型，人工雕凿不出，水泥堆砌不成，精妙绝伦，充满奇幻……乱石坡，变换一个角度看，便是白坪村最大的特色、最好的资源。

已经在文旅行业深耕二三十年，主创并执行了"重走南丝绸之路、翻越喜马拉雅"中尼旅游年、开州举子园等上百个省级、国家级文旅项目的刘小红，决定用平生本事，为白坪村量身打造一个旅游项目：就用满山的石头作招牌，以奇石景观、民俗文化为支撑，

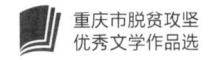

建设集观光、体验、休闲、康养为一体的乡村旅游点。

这真是一个大胆的，甚至可以说有些疯狂的创意。也许，只有白坪村群众才会相信并感动于刘小红的赤诚和激情。

2018年9月，石上生花旅游项目正式启动。白坪村80多户村民以1200亩耕地、荒山、林地踊跃入股，其余建设资金，由刘小红投入，并主动给予村集体6%的股份。多方支持，村民期待，项目建设迅速推进。现已完成一期工程，在东西长约1公里的山坳核心区域，已建成艺术草坪、花谷、康养房、森林人家民宿集群、餐饮屋、民俗展览馆；在山坳北侧的山坡上还修建了11公里观光小路、健身步道和多个凉亭。目前，项目正如期推进奇石观赏区、红叶观赏区、农耕体验区、采摘园区、休闲度假区的建设；未来还将建设三星级石上生花主题酒店。全部工程完成后，这座山坳，必将成为小三峡水陆环线一个独具魅力、令人神往的新景点。

村支书介绍，石上生花旅游项目不仅带来投资，让村民的荒山、闲置的土地有了租金收入，给农民实行保底分红，还安置本村及附近几个村100多名村民就近务工，其中建档立卡贫困户15人，普通务工平均年工资达2.4万元，最高的年工资达到4万元。

放眼四望，石上生花旅游项目已具雏形，具备了接待能力。倘徉登山步道，漫步乱石丛中，凝视那一块块怪石，仿佛听见它们喁喁私语——惊诧于今天的喧闹。哦，这无数的来自鸿蒙之始的石头，已经从亘古的沉睡中醒来，正跃跃欲试，等待开出属于石头的花来呢！

给刘小红打了一个电话。她正在外省参加一个文旅项目的营销。

还是那熟悉的热情而急切的声音，说起石上生花旅游项目的缘起、建设与未来，说起她的理念和梦想，滔滔不绝，你不挂，她就会说不完。她一点不像已经年过半百的人，她完全还是平河度假村的那个年轻女经理，像一簇篝火。

　　一位朋友在微信发了一张图片，正是他参观石上生花时所拍，一个仰角的特写：岩石顶上，纯净的蓝色天幕中，绽放着一丛茂盛的杜鹃花。看不见泥土，看不见花的根部，就像杜鹃从石头里生长起来，开出花来。多么鲜艳的花，多么有力的花啊！

　　刘小红，多像这一丛杜鹃——不，她比杜鹃更加灿烂，她应该是火红的玫瑰，是这片山坳最耀眼的那朵"石上生花"。

　　开在这片山坳，需要眼光，需要胆识，更需要情怀。

　　只因为，她是白坪村的女儿。

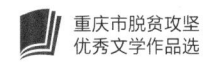

人物档案

陈嗣红，女，1963年出生，重庆市巫山县高唐街道飞凤社区居民，巫山县第十七届人大代表，巫山县餐饮文化研究会会长，巫山县乡助山野公益发展促进会理事长，巫山陈记夜市餐饮店负责人。

为美食而生

我们坐在院坝里，等着早餐的面条煮好。

这是双龙镇安静村的一个农家乐。农家乐的男主人拿着一株什么草过来，问红姐："陈总，您给看看，坡上长了很多这个，肥肥壮壮的，可不可以吃呢？"

大家一看，尺把长，叶子像苋菜的椭圆带尖，只是苋菜叶子表面起皱，这个叶子平展光滑。是什么植物呢？有的说是这，有的说是那，有的说可以吃，有的说有毒吃不得，都把目光朝向红姐。

红姐想了会儿，说："这是商陆。商陆分两种，红色茎秆的，有毒；青白色茎秆的，摘嫩叶焯水后凉拌，或是炒着吃，都可以的。你拿的这个是红色茎秆，吃不得。"过一会儿又提醒："不认识的野菜，千万不要随便拿来吃。"

有红姐在一路，遇到不认识的野菜、药草，直接问她，大多都能得到答案，并且吃饭的时候，会有机会品尝到真正绿色野菜。野蒜、野韭菜、苦麦菜等等不必说，我们一般也都认识，知道可以食用；像黄桷树刚发芽的嫩尖、花椒叶的嫩茎叶、党参苗的嫩茎叶和党参花、车前草的嫩叶都可以用来凉拌或炒菜，狗尾巴草、结缕草的鲜叶可以榨汁做饮品……这些，便是红姐让我们大开眼界，也只有跟她一道，我们才能亲口品尝、一饱口福。

昨天的晚餐便有一盘凉拌桑叶，还有一杯蜂蜜青草汁。那是大家在村里徒步的时候，红姐在路旁、田间随手采摘了桑叶、青草，晚上在我们入住的农家乐亲自加工的成果。

这个红姐——陈嗣红，在巫山开了个有名也挺有特色的餐馆：陈记夜市。名字有"夜市"二字，那是在老城的时候，她的确摆过夜市摊，搬上新城用了上千平方米的门店做中餐，因为"夜市"已经名声在外，所以还是沿用老招牌。想当年，30多岁的红姐，高挑身材，略丰满，性格又好，爽直亲切，往那儿一站，便是一道风景。更主要的，是这么一个美丽的女子，居然还能做出无比可口的饭菜。急水豌豆、酸辣土豆丝、爆炒虾仁、泡椒猪肝、泡椒羊肚、卤花生等等，夜市摊家家都有的下酒菜，她有，而且味道总要地道一点，更香一点——也许还是老板娘漂亮，顾客心理上有一种加分的冲动；别的摊没有或是少见的，如香酥芋头、香酥嫩胡豆、凉拌腊肉、糖醋冷吃鱼等等，她也有，因为这些就是她首创或改进的。她喜欢琢磨，喜欢不断地自创新菜，做了出来，客人一尝，好吃，慢慢地传开，于是其他夜市摊也就有了。一条夜市街，一般的摊位十一二点钟客人就慢慢稀少，慢慢地熄灯收摊，剩下两三个摊位，一直亮灯到凌晨两三点甚至更晚，红姐的"陈记"便是其中之一。

到现在的"陈记"吃饭，也许还能看到红姐亲自掌勺——这样的时候越来越稀罕，要么是指导、示范，要么是有媒体采访请她录节目。只见她穿着洁白的厨师服，神情专注，沉醉于火、油、水、各种食材与调料的组合、变化之中。

你看她做天麻鱼头汤：铁锅烧到快红了，倒进一勺混合油，丢下葱、姜，放一勺家酿酱油，在"滋滋"的响声和蓬勃的辛辣香气中，放进一只备好的长江鲇鱼鱼头，加料酒稍煎一会儿，然后倒入清水，加两片当归去腥增香，最后——关键的时刻来临，用淘米水

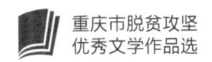

泡过，放米饭上蒸软切成片的天麻，一把全丢入汤中，然后开文火慢炖三到四个小时。起锅时，加少量胡椒粉，撒上葱花。装盆上桌，用筷子一挑，鱼头肉烂骨酥，舀一碗乳白色的汤汁，入口浓香巴口，回味有天麻的丝丝甘甜。

这个菜也是她在传统药膳的基础上，加以改良而成。天麻是采自巫山竹贤、红椿等高山乡镇，林中野生，品质极佳。用地道野生天麻入菜，除了天麻鱼头汤，红姐还成系列地炮制了天麻鲤鱼、拌鲜天麻、桂花天麻、天麻蒸鸡蛋等菜品。此外，她还生产出秘制天麻膏，可供零食或冲茶饮用。

看红姐烹饪，是像看大师作画，会有一种艺术的享受。她本来有中国饭店协会颁发的高级中餐技师证，起码是算得巫山餐饮行业的"大师"了。

她就像天生为制作美食而生。从小，她就亲近花草树木，喜欢跟着外婆、母亲到山中采蘑菇、树莓、橡树栗子，到田间摘菜或参与收获的劳动，从小受着外婆、母亲熏陶，喜欢烹饪，也继承了她们在乡间出众的手艺：做得一手好咸菜、泡菜。豆豉、豆瓣酱、榨广椒、泡大蒜、泡姜、泡辣椒……巫山家常的咸菜、泡菜，红姐无一不做，做得无一不好。

"成都的泡菜好吃，因为成都那种温暖湿润的气候环境特别适合做泡菜。但是，我们巫山的气候比成都还好，夏天不太热，冬天不太冷，水和食材更好，特别适合做泡菜——各种泡菜……"她常有这么一些高论，口若悬河，让我们一干食客、文友洗耳恭听，口中唯唯，或许将信将疑，但无语凝噎，无法争辩。譬如泡菜，我们都不懂或是不怎么懂做泡菜，而红姐不仅仅是坐而论道，还亲身实践，有东西说话，所以她有发言权。我们发自内心地认同：红姐是做泡菜、咸菜的行家、专家，红姐是巫山美食的行家、专家。

巫山美食可以说有两个灵魂级的重要人物，都是女人，一个是黄元翠，另一个，就是她。奇的是，两个女人都是来自骡坪——巫山县的一个大镇。她俩年龄相近，最初都是在骡坪开馆子，然后杀进县城，竖起地方美食的两大招牌：汪家馆、陈记夜市。

红姐出了一本书，大16开的厚厚一本，《味美巫山》，图文并茂，介绍巫山的野菜与食药两用药材，以及"陈记"创新创造的系列地方美食——选什么材料，选哪个地方的材料，怎么加工，加工有哪些讲究，做出来是什么味道，是适于祛湿健脾还是清热降燥，是平补还是温补，都有精要说明。有了这本书，想吃地道的巫山美食，照本操作即可——当然，技法不熟，味道不一定很理想。

20多年，红姐一直潜心传承巫山的"老味道"。在老城夜市街，她曾经为一道豆渣汤困惑很久。用豆渣做汤，这是巫山农村一道传统菜，大概是从湖北孝感等地通过湖广填川的移民带到巫山。其法是用自然发酵长了霉丝的豆腐渣，切块下汤，汤中加时蔬添鲜。红姐发现，无论自己做的，还是其他夜市摊、餐饮店做的豆渣汤，多少都有一点淡淡的尿臊味。为此，她多方请教，有一天，终于遇到一位老奶奶传授经验：霉豆渣先用猪油炒一下。如法操作，果然尿臊味没有了，剩下的只有豆渣汤独有的鲜香。清光绪《巫山县志》记载一道巫山特产——"桔红"，用巫山本地出产的老品种红橘加工制作而成，是燥湿化痰、开胃健脾的上好糕点。红姐记得还是很小的时候吃过，现在早已从市面消失了。她遍访老辈匠人，复原传统工艺：漂洗、腌制、压榨、晾晒——最后的压榨和晾晒要反复三次，几经试验，将近失传的巫山"桔红"终于被重新推向市场。现在，"桔红"已经成功申报中国特色美食，荣获"中国名小吃"称号。"桔红"的成功，让红姐一发不可收，就在自己的家庭作坊，红姐利用巫山土产的粮食作物、水果、药材等优质特色资源，开发、生产出梨膏、天麻糖、李子酱、话李、党参糖等传统手工食品。她也因此成为重庆市多项非物质文化遗产的传承人。

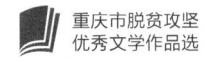

传承人的身份让红姐有了另外一种责任，于是我们听到她在各种正式非正式的场合，面色凝重地呼吁保护巫山众多土产资源："我们培石、龙溪的老品种红橘，自古以来就有，现在几乎全都被改良嫁接成别的柑橘了；我们建平的朝天椒，又辣又香；还有我们竹贤的老品种核桃、恩丹二号苞谷，这种苞谷磨的面又粉又香，尤其是那儿的白洋芋，皮薄，煮熟后肉质香糯，是洋芋当中的极品……可惜这些都是越来越少了，一定要加大保护啊……"她一口一个"我们"，如数家珍，巫山的每一个乡、每一个镇都数到，我们便忽然发现：原来巫山到处都是宝贝——我们的家乡，值得珍惜，爱护。

红姐利用"陈记"大本营，一直不断开发新菜品，推广养生餐饮。现在生活条件好了，养生的观念流行，巫山野菜、药材品种多、品质好，正好可以大加利用开发养生菜，适应社会需求。她每年都会定期到农村采摘、收购各种野菜、中草药，回来依据不同食性、药性，分季节制作应时的养生美食。春天，有荠菜饺子、凉拌蒲公英；夏天，有鲜椒拌鱼香菜、莲子清心汤，红椿、庙宇的党参开花了，便推出高汤参花盅等；秋天，党参采收了，就推出辣拌鲜党、庙党汽水鸡，还有川贝雪梨；进入冬天，就有陈皮野兔、红橘羊肉。当然，除了这些分季推出的菜肴，还有天麻鱼头汤等天麻系列、冰糖百合等百合系列菜品，不一而足，四季常制，四时享用。迄今，"陈记"参与制作或是独立原创的巫山烤鱼获评"中国名菜"，巫山"橘红"获评"中国名小吃"，庙党汽水鸡等获评"重庆名菜"，荞麦粑粑、酸菜粑粑等获"重庆名小吃"。这众多野菜、药菜和美食，虽然追求高品质、高品位，但制作加工并不刻意奢侈、华美，反是努力体现纯朴、自然，求得营养与实惠、饮食与养生的结合，便利大众，让普通市民都能吃得起。

脱贫攻坚以来，红姐热心推广巫山美食，到农村做了大量志愿服务和公益性工作。每年，她都被县级部门、乡镇邀请到农村开展乡村旅游公益培训，指导农民怎么做好农家菜、办好农家乐。她讲得生动、贴切，紧密结合山区实际，参加培训的农妇农夫无不听得津津有味，拍手叫好。红姐叮嘱大家："多买一些泡菜坛子，多做家常咸菜，大蒜、姜、萝卜等等，只管多泡一些，田间地头，自家种的，都是好东西，城里的客人就喜欢。千万不要去城里买那些冰冻的鸡、鸭，城里人下乡一定不是想吃这些冻货，他们只想吃你们田里种的，山上长的……"听讲的人都张大嘴巴，心想，是这个道理，城里人常吃大鱼大肉，早就吃腻了，农村还有哪个做宴席菜做得比城里馆子的味道还好呢？又看红姐现场操作和示范，不过就是洋芋、萝卜干等普通食材，还有南瓜花、车前草等大家从来没有打上眼的东西，到了她手里，三招两式，都会脱胎换骨，成为珍馐美味。这么一听一看，大家便如醍醐灌顶，都开了窍：那么多南瓜花，那么多灰苋菜，那么多的车前草，原来都是可以做菜的，城里人还最喜欢吃呀……

红姐生性热情，对讲课培训的邀请来者不拒，且分文不取。平均每年10场，每场平均40多人，算来，迄今也有两千多学员经她培训，她也称得上桃李满巫山了。走到哪儿，都有贫困群众认得她，说听过她的课，受用。

因为她的贡献和影响，重庆市委宣传部扶贫集团成立巫山县"乡助山野公益发展促进会"，请她担任负责人，再三推辞不掉，于是，红姐又多了一个只做事没酬劳的理事长头衔。这个理事长人选，她还真是再适合不过。她那一份古道热肠，让她走到哪儿，不管别人请没请，她都会主动开讲，不管进到哪家院子、哪个农户，她总是逮到个人就讲。只要你愿意听，她毫无保留，比你还主动还积极。这已经成了她的习惯。她乐此不疲。

也许，除了助力乡村脱贫的愿望，也还因为她真是为美食而

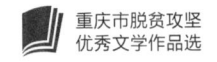

生，看见乡间那么丰富而宝贵的食材被熟视无睹，弃若敝屣，她会难过。

"面条好咯，各人来挑哦！"农家乐女主人在吆喝。红姐已到双龙镇多次开讲，不用猜，这位女主人也是受过红姐培训的，是红姐的学员。昨晚，我们一进门，她就把红姐认出来了。

我们扒拉面条的时候，红姐又端出一盆她亲手调味的凉拌桑叶，是昨天没用完存放在冰箱的。这真让人喜出望外。清晨的乡村，阳光明媚，薄雾弥漫，田野、山峦一派青绿，空气都是绿茵茵的。我们吃着面条，夹一筷子桑叶——虽然昨晚已经品尝过，但心里仍然觉得新奇和小小的激动，于是生出一种感慨：我们多么幸运，有红姐经常一起聊天、喝茶，一起在乡间漫步，一起品味这美好的生活。

第三篇

携手齐攻坚

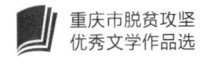

人物档案

王涛，男，1977年出生，中共党员，重庆市文联文艺工作部副主任，重庆市巫山县双龙镇安静村驻村第一书记兼工作队队长。

"渐变蓝"

山梁上，树影中，露出一个两层楼的平顶房屋，整体是天蓝色，柔和自然地连接了蓝天白云，走近了看，其实是下白上蓝。

山梁两边，都属于安静村的范围。这房子，便是安静村村委会办公楼。

房子前后两面都是大门大窗，通透，进一楼大厅，一堵隔墙都没有，全通透。大厅里面的摆设，也是一种居家的氛围，来办个事，像进了自己家里，先就有一种轻松舒适的感觉。楼前一个大院坝，晚上这里定时上演坝坝舞——也许叫坝坝操更准确，因为上了年纪的村里婆婆动作僵硬，胳膊腿呀都是直来直去，称之为"舞"实在勉强。院坝左侧的一面院墙，格外地引人注目。那是一堵石墙，砌进去几个陶罐——泡菜坛子，还有几扇石磨。石头表面坑坑洼洼，石头中间也没见水泥砂灰填缝——表面看不出来。墙头也并不整齐，而是刻意营造一些波峰浪谷。墙面正中开了一道门，是典型的巫山农家大门，有门框、门槛、门墩、门楣，门楣上还挑出两个装饰的柱头，柱头上挂了灯笼。屋檐檐脊做了一个艺术体的"福"字，是安静村，也是全镇打造福文化的logo。这道门，与其说是为方便石墙后面一户人家出入，倒不如说是作为这面石墙的核心，与石墙整体构成一个有关古朴乡村的主题立雕或是装置艺术。

这是渝东山区的一个贫困村。这堵墙，却让你以为走进了川美的校园。

蓝色的房屋、全通透的大厅、开放自由的办公环境、原生态石墙，还包括村里的红叶叶雕工作室、山林中的手作步道，这一切，其创意、导演和监工，都是王涛，来自重庆市文联，在村里的身份是第一书记兼驻村工作队队长。

常年，他骑着一辆摩托车，冬天的时候，像当地村民一样，腿前绑着一块黑色的护腿，不知道的人，第一眼，会把他当成跑摩的的农民。

在安静村一待两年，驻村工作原本可以结束了，他可以回重庆主城了。但当单位领导找他谈话，他答应留下来，因为他熟悉村里情况，又有经验，脱贫攻坚驻村工作，还是接着干。

小学六年级女儿王婧仪当着父母认真地说了一句话："搞脱贫攻坚的都是英雄。"即使没有领导做工作，就冲着女儿这句话，王涛也会继续驻村。

他心中有一个理想：要为乡村注入文化艺术的因子，让乡村，不仅在脱贫攻坚，也在未来的振兴中脱胎换骨。安静村，正好成为他实践这一理想的地方。他相信安静村可以成为这样一种示范，无论在基础设施、公共设施、骨干产业，还是乡村风貌和乡风文明等方方面面，尽量多地增加文化、艺术等内容，丰富提升乡村的内涵和品质。哪怕稍微多一点文艺范，也像一味催化剂，会让安静村在未来遍地开花的乡村旅游中脱颖而出。而乡村旅游，是安静村未来发展的根本所在。

长期工作生活在现代都市，王涛熟悉现代都市人的喜好和需求，理解他们的审美，从他们的角度，在思考和建设现在的也是未来的乡村。

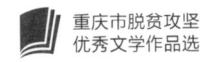

只是，他想象的是一种"渐变蓝"，自下而上，蓝色逐渐加深，非常自然、柔和；实际施工的过程中，工人调不出那种渐变的效果，或者说根本懒得那么调，费时又费力，就只有搞成简单分明的下白上蓝。而那一堵石墙，在从来缺乏艺术审美的安静村，的确也显得特别和另类了一点。当他组织工人费劲建好了，村里几位上了年纪的大叔大爷，背着手站在石墙前面，半开玩笑半认真地说："王书记，你硬是搞了些淡鸡公。""淡鸡公"，在村民的口中，常常是用来形容不务正业，不搞正经事。

安静村位于大宁河边，处于小三峡的巴雾峡段。峡中有一个U型大湾，U字框内，一道山梁由远处逶迤而来，抵近水边，方头宽吻，极似鲇鱼脑袋，便称作"鱼头湾"。近年来，随着双龙镇交通改善，鱼头湾的人气日渐提升，成了一个热门景点。王涛就指导鱼头湾附近的几户贫困户办起农家乐，专门为来游玩的客人提供食宿。虽然经过培训，但让从来只习惯跟田土打交道的村民马上转换角色从事旅游接待服务，他们显然还很不适应，一时难以满足客人的要求。一个二十几人的队伍，要在村里住一晚，吃三顿饭。住宿也还过得去。一家住不下，紧邻的两家农户也都挂着农家乐牌子，都有住宿，条件相当。但当客人看着一桌子菜：泡蒜泡萝卜一碗，净净的冲菜一碗，净净的腌菜一碗，净净的豆芽汤一碗，净净的酸水洋芋丝一碗……共九个碗，以咸菜统领，素菜为主，一碗腊肉炒干笋作点缀，表示桌上有荤，所有的菜加起来两个味，除了咸，就是酸。客人无所称赞，只好一味地表扬刀功，说洋芋丝切得细，肉片切得薄，腌菜切得碎……

手作步道，村民听都没有听说过，就是就地取材，刨出山石，尽量码整齐，码结实，齐肩宽，80公分左右，能够走就行，既节约资金，又完全融入原生环境。在鱼头湾对面山上修建了5公里。之后，县旅游部门对鱼头湾加大投入，将步道拓宽到1.5米，铺装水泥压膜路面，并安装水泥仿木栏杆，还建了几个观景台……

事实证明，王涛可以适应安静村，但安静村还没完全适应和接受他。

饮水、住房等最基础的东西，安静村都是没有问题的，脱贫攻坚迎接国家普查验收是肯定没有问题的。唯一的问题是，关系乡村未来发展的根本，你想象的是"渐变蓝"，这里暂时只能给你"白加蓝"；你想象的是精致格调有乡愁，这里暂时只能给你酸得过头的酸水洋芋丝。

倒有一个例外：红叶叶雕。她就像王涛的又一个女儿，在安静村的女儿，他为她倾注了多少心血呀。巫山红叶名气那么大，红叶——也就是黄栌，安静村山上、路旁随处可见，可不可以卖叶子呢？几经试验、摸索，不断克服一些技术上的难题，终于取得成功：用红叶制作工艺品。现在，村里成立了叶雕工作室，一些经过培训的村民专司其职，将采摘的黄栌叶子选洗、晾晒、压平并作保色、防霉处理，然后在叶子上刻制花鸟虫鱼、人物图案。叶雕制作已经成熟，到目前为止可谓独一无二的文创产品，正慢慢走向市场，开始取得经济效益。一说起叶雕，从村干部到一般群众，都会由衷地赞许：王书记这个事硬是搞得好！

夜深人静，所有白日的杂务、人与事，隐没于窗外的黑暗中，在租住的农户家，斗室之内，放大了一个人的孤单、落寞。五百公里之外，重庆主城的家里，媳妇肯定还要忙一阵，又要上班，又要带两个孩子，很多家务只有晚上做。十岁的大女儿、刚一岁的小女儿，应该都是睡着了，她们熟睡的样子，他很久没有见过了。"搞脱贫攻坚的都是英雄。"女儿的话语，媳妇无言的支持，母女仨熟睡的面孔，那个110平方米的房子里熟悉的气息，会让他安然入睡——的确，入睡也是需要力量的。

一份付出一份收获。

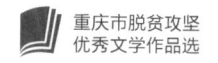

村里的脆李、柑橘种植共达4300亩，正打造全县脆李特色示范基地；康养、旅游产业加快发展，已开办精品民宿、农家乐18家，越来越多的群众吃上了旅游饭。

文创产业更成为安静村的亮点。村民自发筹建了"红叶叶雕工作室"，解决了14人就近就业，其中有贫困户5人，与巫山旅发集团建立销售渠道，红叶叶雕产品卖到了各景区和游船上。小小一片红叶，已经变成贫困群众的"致富叶"。

村里建立起以乡村协商议事制度为基础的"幸福议事会"，包括村级、村民小组、村民三级议事会机制，倡导村民自治。村里大事都有老百姓参与，都由老百姓自己做主，干群关系更加和谐。

每年秋季，村里举办以田间为赛场、村民为主角的乡村趣味运动会，吸引了不少游客和周边村民。活动成了安静村宣传乡情农趣，展销山货，打造乡村旅游新的名片。

在派出单位市文联的支持下，王涛组织市级文艺家协会向双龙镇和安静村赠送精美的美术、书法、摄影作品280幅，农家乐牌匾33块；授牌双龙镇为电影、电视艺术创作基地；授牌安静村为美术、摄影、民间文艺创作基地，同时组织专家编写歌曲，举办"发现双龙之美"摄影大赛，为村里建立、培训了一支文艺演出队，"送欢乐下基层"文艺志愿服务活动进入学校、乡村，知名艺术家为村民带来了精彩纷呈的节目……安静村的文艺氛围越来越浓了。

截至2019年底，安静村已完成全村脱贫越线任务，贫困发生率从原来的14.41%降为零。

王涛凭着实干赢得了全村干部群众的尊敬、爱戴。他的事迹也不断引起媒体关注，县委宣传部组织邀请央视记者来到安静村拍摄了以他为主角的脱贫攻坚主题纪录片：《摩托书记》。

一切理想的实现都需要一个过程。如此努力，在过境双龙镇的高速公路开通之后,在乡村旅游快速升温的大环境"逼迫"之下,艺术的、文艺范的安静村,一定会慢慢变出来的。

王涛,别急,笑起来。

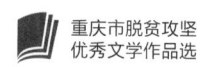

人物档案

谭艳，女，1968年10月出生，中共党员，重庆市巫山县人大常委会预算工委主任，巫山县邓家土家族乡脱贫攻坚驻乡工作队队长。

蝴蝶飞

受谭艳邀请，县作协会员10人，两辆车，上了一趟邓家土家族乡。出发之前，她起码两次给我说：请采风的老师们一定要交作品。我就有点被下硬任务的感觉了，没法，只好一再提醒采风的兄弟姐妹：人人交作品。东道主邀请观光，提供食宿，受邀的人肯定心里有数，如果有所收获，大都会自觉交作业。但借此硬下任务，多少会让人别扭——写一篇文章，看来是很容易、很廉价的事情呢。当然，我跟谭艳是多年的相识，老朋友了，说话比较随便。所以，不管她怎么说，我都理解她。而且，就从这一点，我反而更加敬佩她。

她真是把自己当作邓家土家族乡的主人了。

这是达到了一种工作境界。

她是县人大常委会预算工委主任，邓家土家族乡脱贫攻坚驻乡工作队队长。

安排下乡驻村的时候，她已经满49岁，进50岁了。

一般的女干部，在这年纪，耳朵听见的可能都是即将退休的下课铃声在远远地响起。

谭艳听见的却是脱贫攻坚决战冲锋的急促的鼙鼓、嘹亮的号角。

她是十几年的摄影发烧友，重庆市摄影家协会会员，巫山县摄影家协会秘书长。到邓家土家族乡拍片好多次，她喜欢邓家土家族乡那个地方。

但这次，可不是待一两天就走，不是采风创作，是扎根。

她有些兴奋，又有些忐忑。兴奋的是得到组织的信任，忐忑的是，担心自己能否当好队长一职。她一直是有些事业心的。

哪怕近50岁的人，她也愿意干事。

收到通知文件的当天下午，她召集7名驻乡、驻村工作队队员到办公室开会，让大家连夜准备好衣物等生活用品，第二天一早出发。

3个半小时，127公里，抵达邓家土家族乡。巫山县26个乡镇，到县城的距离之远，邓家土家族乡是第一。

邓家土家族乡毗邻湖北省建始县，幅员58平方公里，平均海拔1550多米，森林覆盖率81.2%，是重庆市森林小镇。到谭艳开始驻乡的2017年8月，全乡共有贫困户254户830人。产业以烤烟、中药材、牛王豆种植为主，全乡人均年收入属于全县较低的水平。

邓家土家族乡的夜晚，是真的夜晚。黑黢黢的窗外，只有风吹树林的哗啦声、波涛声，偶尔夹杂着几声怪异的鸟叫，入住的头两晚，谭艳还真不习惯。

但尽管如此，她进入工作状态很快，在乡党委、政府统筹安排下，驻乡工作队明确了工作思路：先跑村，遍访贫困户，再从最难的村抓起。

邓家土家族乡是个小乡，人口少，村不多，只有5个村，但老百姓住得异常分散。在楠木村、邓家村两个村，几个组落在山脚河谷地带，另外的几个组就分布在大山的半坡、山顶，从山顶到山脚，落差就是一千几百米，公路弯来拐去，开车下山就得半个多小时，若是步行，下山一个多小时，上山得两三个小时。个别的户没

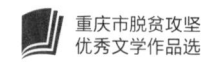

在公路边，下了车，还得走小路。楠木村1组的彭治玉，家住得最远，走小路就是5公里以上。

每天出发前，谭艳都有习惯性的动作：挽起裤腿，在膝盖上敷一块艾草贴。

每天回寝室，她第一件事就是打一盆热水，把脚放进去，以此减轻腿部疼痛。一边泡脚，就一边完善工作日志，梳理当天走访的情况，谋划第二天的任务。

关节炎、滑膜炎，这些都是老毛病。每天一万多步的行走，让她的腿伤越来越重，白天还好，晚上疼得常常睡不着觉。但不管休息得好不好，第二天，她还是坚持走村入户。

乡里的、村里的干部提醒她，村里很有几个"四季豆""铁核桃"，让她入户时有一定的心理准备，那都是不好做工作的人，外人轻易莫想改变他们的想法。

楠木村2组贫困户刘邦奎、张英翠家，一座土坯房被几十年的柴烟熏得到处黑乎乎的，屋顶多处瓦片残缺，透了光，一下雨就漏，但两口子既不整修也不搬迁。

谭艳将手指伸进土墙裂开的缝隙，说："都裂成这样了，大风大雨的天，住在里面担心哪！"

两口子倔强地说："都住了几代人了，不会垮！垮了我们也不会找政府的麻烦。"

坐了两个多小时，不管你说得口干舌燥，两口子反正是不听劝，翻来覆去只有一句话：不搬，不修。

谭艳生气地说："明明国家有这样好的政策，又是危房改造，又是易地搬迁，哪里遇到你们这样的旧脑筋……"

刘邦奎一听，拿起桌上的一只碗狠狠地摔在地上。这是撵人了！

谭艳一夜没睡着，心想真是遇到了"四季豆""铁核桃"。不行,明天继续蹲这一户。管你是"四季豆"也好,"铁核桃"也好,我一定把你煮透,一定让你进到味。

第二次登门,又是耗费两三个小时,仍然无功而返。但从简单的交谈中,谭艳也大概明白了他们夫妻的顾虑:搬迁后种地不方便;房屋改造,房屋上下里外都得动,搬东搬西的,刘邦奎身体不行,的确是有些麻烦……

第三次登门,谭艳说:只要同意整改,村里可以安排施工队全面负责,工人的伙食都不用管……

夫妻俩再也无话可说。

于是,施工队对他们的房子进行了C级危房改造。

只用20多天,房屋改造完毕,原先破败昏暗的房子变得整洁、亮堂,夫妻俩一看到谭艳就感激不尽,再三邀请谭艳年底到他们家吃杀猪饭。

池塘村60多岁的张甫尚也是出了名的"铁核桃",喜欢说,有口才,一般的人都说不赢他。他自己下肢有些毛病,行动不便,也就格外话多一些。在他的眼里,乡里、村里的工作都有问题,干部也有问题……

谭艳就三番五次走进他的家,跟他拉家常,专门听他提意见。等他提完了,就宣讲政策、解释情况,对他那些明显没有道理的意见、没有根据的指责,就针锋相对地予以反驳。

摆事实,讲道理,反正不怕跟你争。张甫尚大概也是第一次遇到这么"较真"的干部。

但也恰恰是这个"较真"的谭艳,专门为他从县残联领取了轮椅,送到了他家。

慢慢地,张甫尚打开了心结,他说他要管好自己的嘴巴,再也不随便乱说了。

不乱说,客观公正地评价基层党委、政府的工作,评价乡、村

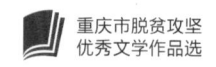

干部的表现，评价农村生产生活变化，这其实就是老百姓获得感、认同感、幸福感的集中体现。

2020年8月，国家脱贫攻坚普查，邓家土家族乡贫困户254户830人全面脱贫。尤为难得的是，普查结果显示，邓家土家族乡的民调在巫山全县乡镇中位居前列。它表明，邓家全乡老百姓对脱贫攻坚的成效，对自己生活的改善，都是非常认可的。

作为驻乡干部的一项重要工作任务，遍访贫困户并不是到了贫困户家，同贫困群众见了面就了事了。遍访只是方式，遍访的目的是逐户宣讲政策，逐户了解群众生产生活的具体困难，听取他们的心声，让他们倒一倒苦水，诉一诉委屈……更多的功夫，在入户之外，那得针对每家每户的困难，研究政策，协调单位，牵线搭桥，甚至跑东跑西，逐一地加以解决——对的确解决不了的问题，就一定沟通到位，解释清楚，让群众理解，化解他们思想的包袱和情绪的对立……

谭艳的笔记本上密密麻麻地记着全乡贫困户的家长里短、所需所盼。

伍绪村1组非贫困户易继潼家：老房子没有享受到土地复垦政策，但房屋产权证几年前就上交上去，一直再也没有找到，易继潼心里窝火……

谭艳开车带着易继潼到乡镇府找人，又为他到县国土局、市国土局逐级查询……该跑的跑了，该打听的打听了，最终，房屋产权证得到补办，但复垦政策还是没能享受到，对此，他也理解了。他见人就说："谭队长真是好人！"

池塘村贫困户朱源波家：妻子离家出走很多年，朱源波外出务工，独生女儿朱映莲患血管瘤，留在家里跟着爷爷奶奶一起生活。

入户走访当天正好是小女孩13岁生日，谭艳便同县财保公司驻村干部一起买来生日蛋糕、新书包，又包了一个现金红包，为朱映莲过了一个生日。久违的笑容，绽放在小女孩的脸上，欢笑，荡漾在这个留守儿童、老人的家庭。

刚到邓家土家族乡的那一年，全乡牛王豆大丰收，但还有5万斤存放在农户家中没有卖出去。谭艳就利用工作关系，一家一家打电话，向县级各部门单位的食堂推销牛王豆；同时又在自己微信朋友圈大打特打牛王豆的营销广告。一度，很多朋友都以为她在兼职赚外快。周末回家的时候，她就常常免费帮助老百姓把牛王豆带到县城，又挨家挨户送货上门。有时忙起来，丈夫都被她喊来当"棒棒"，帮助下货、送货。重庆主城的同学看到她发的信息后，专程从重庆开车到邓家土家族乡收购牛王豆、洋芋等土特产品。

5万斤滞销的牛王豆卖出去了。皮薄肉厚的牛王豆也通过这一次销售大增名气，重庆主城以及江苏、北京等地，都不断有客户咨询、网购邓家土家族乡的牛王豆。随着牛王豆一起慢慢有了名气，慢慢在网络热销的，还有邓家土家族乡出产的高山洋芋、大蒜、蜂蜜、天麻、腊肉等农特产品。

邓家土家族乡有着得天独厚的森林资源，这里山青水绿，空气清新，负氧离子含量高，特别是到了夏天，平均气温只有19℃左右，非常凉爽。加上这里是重庆市民间文化艺术之乡，有多项市级、县级非物质文化遗产，还有独具魅力的土家民族历史文化，乡村旅游日益成为邓家土家族乡产业发展的重要新引擎。

短短3年时间，通过易地搬迁、地灾避让搬迁、危房改造，邓家土家族乡建设了民族文化一条街，兴建农家乐24家，在建有10多家。一到夏天，邓家土家族乡的纳凉避暑进入高峰，从周边乡镇，尤其是邻近的湖北建始县进入的游客络绎不绝。

伍绪村贫困户罗仕顶开办"背二哥腰栈"，从开始规划、建房，谭艳就同其他干部、社会爱心人士一起，为罗仕顶鼓劲、提建议、做参谋，还帮助跑手续，指导施工，全程参与；农家乐开张之后，

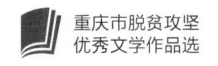

谭艳就像自己开的店一样，不断地为它作宣传，引客人。现在，"背二哥腰栈"已经成为全乡农家乐的亮点之一。

为了加快邓家土家族乡旅游发展，谭艳通过深入调研，请教专家，潜心思考，撰写了有关邓家土家族乡乡村旅游发展的专题调研报告。报告既提出了发展目标：发展以森林旅游为主体的高山生态康养、休闲纳凉的乡村旅游，打造邓家土家族乡乡村振兴的主导产业；也提出具体发展路径：要开拓武汉、宜昌、建始、巴东等重点客源市场，要尽快油化"抱龙—楂树坪"的省道——这是邓家土家族乡旅游出入的关键通道……

为助力邓家土家族乡乡村旅游，谭艳充分利用自己文艺圈的人脉关系，邀请、组织县摄协、作协到邓家土家族乡采风创作。所有去的人，无一例外都会被她下硬任务："要交作品哦！"

她自己，更是不遗余力地当起邓家土家族乡乡村旅游的宣传员。在工作之余，她总在不停地写，不停地拍。那时，她就从驻乡工作队长变成了一个专业并且是全能型的记者，文字功力好，擅长摄影、摄像，还同时担任无人机航拍的飞手……

她在微信朋友圈发的内容，几乎一成不变的主题就是：晒邓家土家族乡。晒罢牛王豆、洋芋等土特产，晒邓家土家族乡迷人的自然风光和人文风情。

她的稿件在县级、市级、国家主流媒体不断编发出来。那些图文并茂的稿子和精彩短视频，让人感动，让人向往。

在《邓家乡的春天》图文稿件中，她这样描绘："暮春的4月，邓家乡的春天才热闹起来，山上的花木相继绽放出鲜艳的花朵。迎春花、野樱桃花、杜鹃花、箬戗花、扁竹根花等，从树上到地表，把邓家乡的天地，装点得春意盎然，把春的气息一浪一浪地向前推进……"

在《邓家乡的夏天》图文稿件中，她描绘道："邓家乡的夏天是凉爽而令人舒适的，蓬勃的野花和绿色的森林海洋，把这海拔1600米以上的山原，装点得分外迷人……"

在《周末避暑纳凉哪里去？探寻高山秘境处女地！》的图文稿件中，她热情推介邓家乡旅游线路：伍绪村森林氧吧，楠木村万丈悬崖和楠木河风光，池塘村民俗文化长廊及土家特色游购娱……

在她的眼里，邓家土家族乡的山峦、悬崖、丛林、溪流，无一不美。

那大片的青山、醉心的翠绿铺满画面，那森林中发着银光的水泥路，那些路旁的红色的、白色的房子，那些种满一行行烤烟、牛王豆的田畴，那弥漫山野的雨后的云雾……多美！

那些树，有年岁的，上了珍惜植物保护名录的，还有更多普通的、不知名的花草、树木……多美！

那热情的背二哥号子的传承人，那浓妆艳抹的踩堂戏的表演者……多美！

那些牛王豆、党参、贝母、云木香的花与果……多美！

那些朝阳、晚霞中的美丽的村寨，那些村民淳朴的笑容，还有他们劳作或休息的身影……多美！

那些照片，可是从上万张照片中精选出来的，那些不过几十秒的视频，可是从几百分钟的视频资料中剪辑出来的。

这得花多少工夫，投入多少爱！

一个年过半百的女人，当她爱着，那一定是值得爱，也一定是爱到骨子和血脉里。

一些朋友留言：艳姐，你真把邓家乡当成家了哦！

邓家土家族乡的干部群众留言：感谢谭主任，为我们邓家乡宣传！

爱上一个地方，全力为了这个地方——我心里敬佩的，就是谭艳这一点。

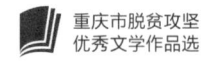

今年，她52岁了。她早早地邀请了她的朋友并下硬任务来为她战斗的地方作宣传。她牺牲了自己的周末，比一个邓家土家族乡本地人更热诚地迎接并全程陪同她的朋友深入村社走访、采风。在陪同我们采风的过程中，她一边介绍情况，一边像一个职业摄影师一样不停地找位置拍摄。

8月的烤烟已经开始采收和烘烤。烟叶绿中带黄，黄中带金。成片的烟田，在强烈的阳光照耀下，呈现出喜人的丰收景象。

我们站在邓家村的一块烟田边，听村支书介绍产业发展情况，谭艳就走进烟田，站在烤烟垄子中间，把相机对准了我们。

漠漠烟田中，披着粉色防晒衣的谭艳，多像一只轻灵而专注的蝴蝶，飞舞在这希望的、她所热爱的邓家土家族乡。

人物档案

刘典元，男，1957年11月出生，中共党员，重庆市巫山县官阳镇原副镇长，原官阳镇老鹰村驻村第一书记、工作队长。

一条路

在巫山，大概没有哪个人跟一条路之间，有这么长久的因缘，修了18年。

这条路，是从官阳镇八树村岔路接通老鹰村的村道。这个人，是原官阳镇副镇长，原老鹰村驻村第一书记、工作队长刘典元。

老鹰村位于官阳镇西北，接壤巫溪县兰英乡，距官阳场镇20多公里，是官阳镇海拔最高的村，也是全县最偏远、条件最艰苦的贫困村之一。老鹰村村名，源于境内深逾500米、绵延十几公里的老鹰沟。祖祖辈辈以来，这里只有一条宽不足30厘米的"毛毛路"与外界相通。700多户村民就散居在沟两侧的陡坡上。他们靠种苞谷、洋芋、红苕填饱肚子，靠种党参、独活、云木香等中药材贴补家用。

2001年，作为镇政府班子成员，刘典元被安排到老鹰村工作。为了摸清村里情况，他每天天刚亮就出发，翻山越岭，走"毛毛路"从一个社赶往下一个社，到天黑才在社员屋里歇息。就这样起早贪黑，足足用了整整10天时间，才把全村10个组逐一走遍。在官阳镇土生土长的刘典元本来走惯了山路，也不怕走路，但连续10天，也着实让他走出了感慨。看到屋，走得哭。自己空脚空手地走，老百姓却是常常背负几十斤上百斤的东西在爬崖、上坡、翻

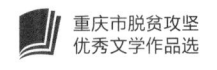

山、下坡……常常清早天不亮出门，到官阳镇赶个场，买了米面油盐，到下半夜才能回到屋。一到雨雪天气，路上溜滑，假如肩挑背扛，一不小心，滑到沟里，摔下悬崖，可能家里连个音信都不知道。

高山深谷的阻隔，生产生活的极大不便，让刘典元深深感受到老鹰村全村群众最大的愿望、最迫切的需要，就是修通出山的公路。

44岁的刘典元干劲十足，暗暗立下雄心壮志：一定把老鹰村的公路修通！

"我看了地形，最多五年，肯定把路搞通。"向镇党委主要负责同志汇报的时候，刘典元非常乐观。

当年，在镇党委、政府支持下，他争取到10万元资金，迅速启动公路建设，仅用两个月，就从官阳镇八树村岔路口往老鹰村方向修了一公里。

万事开头难，既然修路开了头，那就不难了。刘典元心里高兴。

他没想到，这一修，直到自己退休，公路都还没有修通。

当他雄心勃勃准备大干一场时，修路的资金来源，却成了最大的问题。

镇政府是没有项目资金的，刘典元只好到县级部门想办法。交通局、农委、扶贫办……县里多个相关的甚至不相关的部门，他都跑去汇报，争取资金支持。尤其交通部门，一些领导、科室干部办公室的门槛都快被刘典元踏平了。

全县公路交通底子实在太差，亟待修路的不仅仅是老鹰村，资金缺口大，一些部门单位也实在没有办法，但抵不过刘典元软磨硬泡，怎么也要支持，多的没有，那就一万两万地表示一下。

一万、两万地给，刘典元就一米、两米地修。

第二年一年下来，不过修了1.5公里的机耕道，仅仅比第一年多了半公里。

第三、第四年，两年一共才修了135米长的一条隧洞。隧洞不长，但施工时为了节约，没有请专业人员，定位没有经验，隧洞打弯了。直到最后请来县里一个大型国营煤矿的技术员，才把两头开挖的隧道连通。至今，隧道都是一个"S"形。

此后，一直到2007年，这条路才断断续续往前修了1.3公里。

"毛路"修到了雪马村的后阴坡，高耸的崖壁绕不过去了。这时面临的已经不仅仅是资金问题。

后阴坡——大槽、二等崖、山王庙，三面连片的悬崖绝壁摆在刘典元面前。

当地的老话说："猴子都爬不过后阴坡的三面崖。"

没有先进机械，只有依靠人力施工。对施工难度预估不足，先后几个施工队赔了钱，对刘典元心生埋怨，渐渐地都不上他的当了。请不来施工队，刘典元就带着村民自己上。

一天午后，山王庙崖上，两名工人正在打炮眼，准备装填炸药。崖壁上没有固定点，刘典元蹲在两人中间，帮忙稳住风钻。钻头在岩石上"嗞嗞"作响，扬起的岩屑喷了刘典元一脸。见固定点已有两三寸深，工人就劝刘典元到旁边拿水清洗面部，清理喷入口中的碎屑。

他才走出去10多米远，崖顶就垮下来了。两名工人被石头砸中，滚下悬崖，摔得不成人形，当时就死了。

儿女都劝他：不要继续待在老鹰村，最起码，不要再管那条路。

妻子脑溢血偏瘫在床需要照顾，自己联系老鹰村已有七八年，刘典元完全有理由提出离开老鹰村的申请。

但安葬了牺牲的工人，刘典元还是义无反顾地出现在公路建设

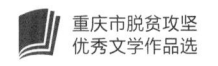

现场。

他忘不了村民伤感而期盼的眼神：盼通公路，老的盼死了，年轻的盼老了，这下死了人，怕是又没有指望了。

他忘不了4社的五保户彭时春对他说的话："刘镇长，我这辈子还能不能看到通路哦？等路通了，我想到官阳街上看一看呢。"彭时春双腿残疾，走不了山路，五十多岁了却从没出过村，连官阳场镇是什么样子都不知道。

刘典元说："路，我们继续修！"

刘典元发动自己的大儿子和叔伯兄弟一起上阵，鼓舞村民士气。

又是五年过去，3.5公里悬崖挂壁公路终于修通。

2017年11月，过完60岁生日，刘典元退休了。到这时，老鹰村公路全程已从两头修了18.1公里，只剩下中间一段780米的连接道。

老伴劝他："修路你也修了17年，修得差不多了。现在也正式退休了，该歇歇了。"

正是巫山全县脱贫攻坚的关键时期，已经担任老鹰村驻村第一书记、脱贫工作队长的刘典元，怎么也扔不下这段没修通的路。

只差最后不足一公里，不修通，他不甘心。

修通这条路，也一直是他暗自期许的功德。

这条路自建设以来，一直是刘典元牵头组织和具体实施，情况熟，有经验，镇党委、政府也需要他继续发挥作用。于是，刘典元退而不休，继续奋战在脱贫攻坚一线，奋战在老鹰村公路建设一线。

但在最后一段连接道的修建过程中，位于轿子石的短短150米的绝壁公路，却成了施工团队几乎不可逾越的天堑。修路难度比三面崖有过之而无不及。轿子石崖顶有一块向外突出的巨大岩石，崖下又是滑坡带。因为滑坡，大型机械设备无法立足作业，如果使用爆破，又会引起山体崩塌，对环境造成巨大破坏。而且在轿子石崖下的河沟两侧，还散居着一些村民，滚落的岩石势必会危及村民的生命财产安全。

刘典元组织30多名工人，从悬崖脚下搭起10米高的脚手架，然后利用铁锤和钢钎一点点在坚硬的花岗岩崖壁上开挖，最大程度避免对周围树木的破坏，全力保护工人和崖下村民的生命财产安全。

终于，2018年5月27日，在正式退休之后6个多月，轿子石最后一方石头被啃下来，官阳八树村岔路至老鹰村18.8公里的公路全程连通！

公路连通的当天，一些村民自发地聚集在村委会，放起了鞭炮。刘典元请镇安监办的干部开了车，开到老鹰村最远的4社，把彭时春接到村委会，一起吃了一个工作餐。从没出过门的彭时春高兴坏了。

当年7月15日，公路建设全部完工，工人撤离。直到这一天，刘典元才卸下重担，解甲归田，真正当起了退休干部。

又过了两年，老鹰村通官阳镇这条5米宽的公路终于争取到资金，于2020年6月完成硬化，并很快安装了防护栏。

这条路百分之九十的路段都极其危险，路外要么是悬崖绝壁，要么就是千米陡坡，不硬化，没有护栏，极易出现各种安全事故，一出事故必定是车毁人亡的大事故。

硬化了，又有护栏，这就安全了。刘典元彻底放心了，睡得着觉了。

回想起来，刘典元总觉得，这一辈子干的很多事，最为刻骨铭心的好像就是修通一条路。

让老鹰村——不，沿途还有新民、雪马、梨坪、八树，共5个

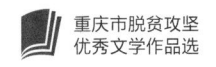

村的2000多村民，不管男女老幼，当他们在这条路上经过，都会说这是老刘带领他们修的路，哪怕一辈子只干这一件事，刘典元也会深深地满足。所以，退休后一直住在官阳场镇的他，闲来无事，还常常骑着摩托车，往老鹰村去跑一趟。

一辆已经很老的摩托，载着一个退休的乡镇干部，在一条村道同时也是县道上慢悠悠地溜达。看着路旁因为公路修通，老旧破烂的土坯房都改建成砖混楼房，一些房屋正在装修、美化，准备开办农家乐，看着村民因为种植党参、独活、烤烟倍添信心，他就满脸笑容。

不知道的人，不会懂得他的快乐。

人物档案

唐勤熔，女，1974年10月出生，无党派人士，重庆市巫山县妇幼保健院副院长，驻龙溪镇脱贫攻坚工作队副队长。

三湾村的"拼命三娘"

"三湾村被确定为全市100个定点攻坚村了，三个月之后，市上就要来督查，随后就要迎接国家普查……"2020年3月18日，山清水秀、风和日丽的巫山县龙溪镇，一个紧急会议正在镇政府召开。

定点攻坚，谁来牵头呢？

唐勤熔，女，46岁，巫山县妇幼保健院派驻龙溪镇担任驻镇工作队副队长——作为进村挂帅攻坚的最佳人选，会前，好几位县、镇领导分别找她谈话，但唐勤熔自己心里实在没底，非常犹豫。

第一，她一个女同志，担任驻镇工作队副队长，工作开展本来就艰难一些，到村里去，任务繁重，担心自己吃不消；第二，她是无党派人士，很多朋友、同事经常劝她，又不是中共党员，老是冲锋在前，图什么；第三，最主要的，三湾村，她太清楚了，虽说是非贫困村，但贫困户不少，而且基础设施落后，全镇13个村，只有三湾村还没有一个像样的文体广场，老百姓连跳坝坝舞的地方都没有……问题一大堆，时间还只有三个月，到时候干不出成绩，那就是罪人……

曾经同在县卫生系统工作，现担任龙溪镇脱贫攻坚指挥长的老领导恳切地说："勤熔，你的性格和作风我太了解了，吃得苦，下得深水，三湾村定点攻坚，想来想去，只有请你牵这个头！"

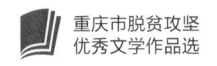

会议室一双双眼睛望着自己，老领导这么信任自己，唐勤熔再也无法推托，只有站起来，说："我答应。"

当天，她就把铺盖卷从镇里搬到村里，在村委会一间小屋安顿下来。短短三个月，要干的事要解决的问题不计其数，不争分夺秒可不行。于是连夜召开村支两委干部会议，又接二连三到各组召开群众院坝会，广泛收集意见，全面梳理问题，迅速排兵布阵。

三湾村之所以被确定为定点攻坚村，头一个原因就是基础设施太差，尤其是村里没有文化广场，老百姓意见很大。

为什么修不了广场呢？选址协调难。村委会旁边有块平整的农田，本来是建广场最好的选择。挨着村委会建广场，让村里的政治中心、文化中心相融合，这几乎就是一般村委会建设的标配。但一提起这块地，村支书、村主任都直摆脑壳，因为这块地涉及的梁家几户人，尤其为首的梁裕科是出了名的"不好说话"。

唐勤熔想，对村里的情况，支书、主任是一本通，肯定得尊重他们的意见。于是，就另选地方。然而，跑了几处，都谈不下来。老百姓都支持建广场，但一占到自家的地，就不是那么一回事了。

唐勤熔心里一片凉。仔细一想，也有些理解：大家都知道建广场最好的地方就是村委会旁边梁裕科及其族兄等人的田地，梁家不配合，凭什么就要别人配合？

问题回到了原点，连续两届村委都在梁家碰了钉子，唐勤熔决定自己也来碰一下。

梁裕科何许人也？50多岁，能说会道，是当地梁家的"发言人"。

唐勤熔就让村干部把梁裕科请到村委会来"商量大事"。梁裕科来了，带着五岁的孙女儿和两岁多的孙子。两个孩子真是活泼可爱，唐勤熔逗着孩子，和梁裕科拉起了家常。

梁裕科儿子儿媳都在外工作，家庭条件不错，他和老伴留在老家带孩子，享受天伦之乐。

唐勤熔就从孩子说起："这么乖的孩子，要是村里有个宽敞的活动场所就好啦！"又提醒梁裕科："您的家住在公路边，一天车来车往的，要特别多个心眼，莫让孩子乱跑……"

梁裕科连连点头称是，说："就是这一点恼火嘛！我们周围各家孩子都不少，一天在公路边跑，我们就是提心吊胆的。"

唐勤熔乘势提出问题："安全第一！这也是村委会担心的事情。你们都住得离村委会这么近，要是在村委会旁边修个广场，添一些游乐设施和健身器材，不仅娃娃可以玩耍，大人也可以健身、娱乐，又热闹，又安全……要是这样就好了，大家都不用担忧了。"

看着梁裕科欲言又止的样子，唐勤熔趁热打铁，把她为什么被派到村里、脱贫攻坚普查验收的标准、她肩负的重任等等，一五一十给他讲了个遍。梁裕科很是感动，但还是有所顾虑，说："前面村里的支书、主任都找我谈过几次，我都没答应，如果现在答应了，会不会得罪他们？"

唐勤熔说："您放心，我们所有干部和村支两委的目标是一致的，您答应我们用地，我们大家对您只有感激的！"

也许因为她是城里来的女同志，也许因为她那一种全身心投入工作的热情和坦诚，这个当地出了名的"不好说话"的人被深深感动了，当即表态支持村里的工作，同意原定的占地补偿标准，任何新的条件都不讲，并且还主动承诺做通另外几个人的工作。上午谈妥，中午不顾炎炎烈日，唐勤熔拿起皮尺，带领村干部，和梁裕科等人一起，双方共同量好地，签订协议，跟着，挖掘机、施工队就进了场。全村老百姓盼了五六年的文化广场终于正式动工了！

首战告捷，唐勤熔有了信心，全体村干部一下子热情高涨。

唐勤熔告诫村支两委干部：攻坚任务多，关键是一件一件抓落实，跟贫困群众打交道，一定要用心用情，竭尽全力帮助他们化解

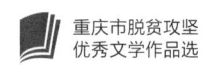

一个又一个大的小的困难……

她带着村干部，家家到，户户落，地毯式遍访每一个贫困户和贫困边缘户，认真体察每家每户的实际困难，倾听他们的诉求和愿望。

3组贫困户梁经堂，全家六口人，四个孩子读书，主要收入来源仅靠梁经堂外出务工。梁经堂刚做完鼻息肉手术，妻子袁堂春又查出子宫癌，做了5次化疗，虽然享受大病医疗救助，但自付2万多元的医疗费用还是让这个本就贫困的家庭雪上加霜。每次干部入户，袁堂春总是声泪俱下。

唐勤熔召集村干部开会商议，说："我们在座的不管哪一个，如果是你家里遇到这种情况，你会不会绝望，你会不会垮掉……我们的贫困群众，已经是够坚强了……"一席话说得大家不住点头，心头格外沉重。大家一致同意，将袁堂春及其四个孩子纳入低保兜底。对她家治病的医药费单据自费部分，唐勤熔细致整理，再次申请医疗救助，此外又联系长江三峡集团、县妇联给予1万元救助金，这样，梁经堂、袁堂春最后实际自费仅有不到4000元，经济负担大大降低。再到袁堂春家，唐勤熔耐心安抚她的情绪，用自己的医学专业知识为她讲解如何保养身体，调节情绪，鼓励她树立战胜疾病的信心。整整半天的沟通交流，唐勤熔离开时，这个从得病以来就一直眼泪不断的女人，终于露出了久违的笑脸，紧紧握着唐勤熔的手，不住地说："恩人！恩人！"

唐勤熔用一个女人的同情、耐心和细致，无言地影响着村干部的工作作风。

风里来，雨里去，唐勤熔又是像一个地道的三湾村男人一样在卖力地忙碌，带领村干部大干实干。

她冒着大雨，陪同工人安装进村入户的供水管；

她顶着烈日，在道路硬化现场监督施工；

她奔走各组，指导施工队开展危旧房整治；

……

三湾村，她急匆匆的身影无处不在，她热情、爽直的声音无处不闻……村民赞叹说："我们三湾村有一个'拼命三娘'呢！"

第一个月，9公里主供水管和3000米入户管道全部连通，一、二、三组集中供水的问题解决了，437户老百姓喝上了甘甜的山泉水；第二个月，82户危旧房完成整治提升；第三个月，全村最后的5公里未硬化村道全部硬化，文化广场投入使用，全村新安装了150盏路灯……

三个月，村里月月有各种志愿服务和精神文化活动。县人民医院到村义诊，县疾控中心到村开展疫情防控、"爱国卫生月"等主题宣传活动……一时间，全村掀起了文明户、清洁户、好邻居、好婆媳评比的热潮，全村院落更整洁了，婆媳更和睦了，邻里更融洽了……三湾村成了幸福村。

6月24日，重庆市督导组到三湾村督导的前四天，唐勤熔再次走访贫困户袁堂春家，下楼梯时不慎一脚踩空，跌下五级楼梯摔倒在地，只觉右腿如刀砍一般，疼得全身冷汗直冒。同行的村干部赶紧背着她赶往村卫生室，先做冰敷治疗。当晚回到县城，一检查，医生告诉她："右跟骨撕裂，韧带损伤，必须制动休息6周以上。"

正好是端午假期，在家休息了3天，假期一结束，腿上打着石膏，拄着拐杖，她又急匆匆赶回三湾村。不能下村入户，就在村委会办公室逐户审阅档案资料，查漏补缺。

在全市督察正式展开时，三湾村的巨大变化，尤其是村支两委干部作风的转变、全村群众精神面貌的改善，得到了督导组的充分肯定。

督导组领导由衷地评价："唐队长太拼了，工作太实了！"又说，"只有一个希望，希望你抓好工作的同时，保重自己的身体。"

那一刻，这位"拼命三娘"的眼里，充满了泪花。

重庆市脱贫攻坚
优秀文学作品选

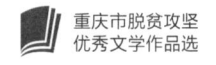

人物档案

陈飞，男，1972年1月出生，中共党员，重庆市作协机关党委委员、创研部调研员（主持工作），重庆市巫山县双龙镇安坪村脱贫攻坚驻村第一书记、工作队队长。

跑好这一棒！

陈飞接过了脱贫攻坚驻村工作的接力棒。

接力棒为什么落到他手上？他如果坚决推托，组织会体谅，他应该推托得掉。因为他确实有一个重要的客观原因：父亲刚刚病逝几个月，高龄的母亲精神上特别沉闷孤苦，他必须照顾她，而且母亲跟随陈飞生活了二十来年，已经习惯了。

但，陈飞还是毅然接过了接力棒。他是市作协机关党委委员、机关支部书记，市作协创研部调研员。作为一名党员，尤其是支部书记，他无法轻易拒绝组织交给的重任。对母亲的照顾，只有多多辛苦妻子一个人了。

2019年9月23日，在主动与单位同事也是前任驻巫山县双龙镇安坪村第一书记、工作队队长做好驻村工作交接之后，陈飞来到了安坪村，开始了他的驻村工作。

安坪，照名字想象，应该是很好的地方——适宜安居的平坝嘛！

在巫山山区，相比大多数村庄，安坪村的条件的确算是好的。有山有水有好田。山是青山，树木葱茏，相对海拔不高，环绕在村庄周围，护卫着，而又并不拥挤促狭。山的中间是比较平坦、宽阔的坝子，这在巫山的大山里又是极稀罕的；山脚的坡地，坡度并不大，也是适宜耕种的。村中又还有一股水，就从"古树人家"那棵乌鸦树后面的山里流出来，虽说水量不大，但四季不枯，供给全村人畜饮用和灌溉是没有问题的。巫山山区喀斯特地貌明显，很多地方缺水，解决人畜饮水问题，要么是利用天然的大石头窝子，要么是挖一个土塘，蓄积雨水，称之为旱塘水，山中的鸟兽虫蚁都在此饮水，不少动物更是在水中安家，这样的水常是颜色浑黄，味道又苦又涩，即或烧开了喝，没喝惯的人也会拉肚子。自从安全饮水、清洁饮水工程实施后，缺水的村庄从几公里、几十公里外的地方引了水来，喝水的问题才彻底得以解决。然而，这样的地方，因为毕竟它自身没有水源，还是会觉得它的土地少了滋润，也就少了一些灵性。相比之下，有一股清清甜甜、常年汩汩流淌的山泉水的安坪村，情况好多了。安坪村一直被称作"福窝子"，那完全是有道理的。

然而，当吃饱穿暖的根本问题解决之后，当"福窝子"的"福"被重新定义，当再好的田种植再多的苞谷、洋芋、红苕"三大坨"，或是种植其他缺田少水的村所艳羡的稻谷，都并不能带来明显的经济效益，安坪村的老百姓发现，他们的"福"仍然止步于吃饱穿暖，而一旦家里子女考起了学，要多读几年书，或是家人生了什么大病、慢性病，或是遭受什么自然灾害，家里就会捉襟见肘，日子异常艰难起来，那时，"福窝子"的"福"没有带来它应有的幸福感；相反，它成为一个嘲讽，不断地提醒人们现实生活的穷苦和艰辛。

2014年，安坪村有户籍人口1071人，其中建档立卡贫困户74户286人，全村贫困发生率达到27%。

脱贫攻坚五年多来，尤其自2015年双龙镇被确立为重庆市深度贫困镇以来，安坪村路、水、电、讯等基础设施建设彻底改善，教育、卫生、文化等公共服务彻底改善。当陈飞背着背包在安坪村委

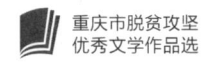

会的寝室安营扎寨时，全村仅有7户13人未脱贫。陈飞或许该松一口气，但其实他心里非常清楚：尽管安坪村发生了翻天覆地的变化，但他的担子并不轻松。临行前单位主要领导告诫他：他接过的这一棒，是加速和冲锋的关键时刻，是啃硬骨头的最后时刻，是迎接脱贫攻坚最后考核的决定性时刻！

13年从军经历已经锻造了陈飞敢碰硬、不服输的性格。不接受任务则罢，既已接受任务，就等于签下军令状，他会竭尽全力完成使命。在村里寝室的第一个夜晚，大半夜，他都兴奋着，睡不着，似乎听到黑夜的安坪村一直对他说：一定要把你这一棒跑好啊！

安坪村的支书年过半百，村主任却不到30岁，是退伍军人，这一老一少，工作上都很有一套，老的稳重，经验丰富；少的勇猛，勤勉踏实，什么事都能往前冲，但两人配合起来却总是差了那么一点，有时候意见不对头，相互之间都还有点小情绪。村里其他干部无形中受到影响，大家都在发力，都辛苦，但力量不集中，人也累了，办事的效率却不高。火车跑得快，全靠车头带。如果村支两委一班人都不在一个调，脱贫攻坚这列战车肯定是跑不快的，各项攻坚任务的完成肯定是要打折扣的。陈飞找村支书谈话，提醒他要善于从年轻人的思想、角度出发，理解他们的想法，发扬民主精神，多多听取其他干部的意见、建议；又找村主任谈话，鼓励他保持锐气和干劲，提醒他要充分尊重村支书的意见，对村委集体决策一定抓好落实。分别地谈了几次，又在大会小会刻意地引导，终于，村支书和村主任的关系融洽了，相互理解和支持，配合明显多了，整个干部队伍也就更加心齐气顺，干劲十足。

在遍访贫困户和平常跟老百姓打交道的过程中，陈飞发现一个现象：村里部分群众对村里的工作并不认可，少数群众更是喜欢无端指责、诋毁村干部。有的说安坪村的干部就没干什么事，那些好事，像路、水池、村卫生室、小广场、农家的改厨改厕等等，都是县上、市里干的，是国家政策好，而那些没干好的事，比如村里一段公路至今没硬化，就是村干部合伙把资金挪用到其他地方去了，没有钱硬化了；有的说，某某、某某都是村干部亲戚，所以评上了贫困户，自己家至今还欠账，就是因为没有送礼巴结人，所以没评上……没来安坪村之前，陈飞在主城工作，对农村缺乏了解，也许一听这些话便会将信将疑，现在亲身参与脱贫攻坚，尤其对安坪村干部的作风，他是清楚的，他知道实际情况根本不是那样。一方面，村干部拿着微薄的报酬，辛苦付出，任劳任怨，从脱贫攻坚进入关键时期以来，基本上就没有过双休日、节假日；另一方面，部分老百姓却还不买账，他们有的是打着懒人主意，穷还穷得理直气壮，什么都等着政府给他解决，有的则是非贫困户，眼看贫困户有这样那样的实惠，心里不平衡呢。听到老百姓这些话，陈飞心里很不是滋味，既为村干部委屈，又为老百姓的思想状况着急。在开村支两委会议的时候，他就说，一定要把转变群众思想观念作为一项重要的日常工作，脱贫攻坚到最后，不能实现了"两不愁三保障"，群众思想和精神却出现新问题。

二组贫困户邓富饶家里本有五口人，儿子因病去世，儿媳一走了之，留下三四岁的孙子，老两口年纪大，身体都有病，村里按政策给解决了两个低保名额，其孙子也作为特困家庭子女每月救助生活费700元。房子由村里进行了危房改造，自来水拉到家里，老少三口人的生活保障是完全没有问题的了，然而就是这样，老人家对村干部却从没有一句好话，更不用说心里会有"感谢"二字。

陈飞问他，生活条件有保障，固然是国家政策好，但享受这些政策，跑那些手续，填那些表表册册，是谁帮你跑，帮你填写的？

老人一直有些牢骚满腹，经陈飞这样一问，没有话了。

村里为打造乡村旅游点，对村级主干道沿线进行人居环境综合整治，包括改厨改厕、庭院美化等等。工人已经进场施工，但一两

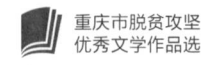

户村民对厨房、卫生间改造临时提出新的要求，他们表示必须满足提出的要求，否则就不同意进行环境改造，甚至要把工人已经施工建好的东西全部毁掉。陈飞严肃地对他们说，如果农户家家都来提出额外的要求，资金投入超出计划，全村的环境综合整治就黄了！

村中干道除了三组一段350米土路，其余已经全部油化或硬化，就因为两户村民阻拦，这一段路一拖两年一直硬化不了。

对这些集体观念不强的行为，陈飞给村支两委干部打气：既耐心细致做好思想工作，加强教育引导，也要坚持原则，敢于较真碰硬，决不能让村里的建设和发展因为个别群众的阻挠而止步不前。

还没怎么上门做工作，讲的话已经传出去，村民对他的军人作风也早有耳闻，很快，涉及的农户主动配合，摆了两年的土路终于硬化了。

晚上吃了饭在村中散步，遇到村民聚集谈天，陈飞就走过去，抓住机会把村里的工作一五一十摆给大家听，末了，就说："这些事，都是我们村里的干部带领大家一起干出来的呀！"

陈飞问大家："我们在座的，家里都有出门打工的吧。"

大家都说："是呢。"

陈飞说："打工一个月多少钱？"

有的说五千，有的说三千。

陈飞说："我们村干部，一个月两千块钱，并且随时加班，加班还没有加班费，也几乎没有节假日。那么重的工作任务，那么一点待遇，让我们家里打工的人回来干，他们愿意不？"

这是多么简单的选择题，没有谁会愿意。

陈飞又说："大家心里也许说村干部明里工资少，暗里油水多。现在中央八项规定这么严，纪检监察这么严，谁还有那个胆量吃拿卡要，贪污受贿，随便一举报，保准他马上下课，也许还坐牢。"

陈飞鼓励大家都来监督，如果发现哪个干部违规违纪，直接举报就是了，无根据的那些话，以后一定少说，不说。

就这样，大张旗鼓宣传村里的工作，宣传村干部的辛劳和付出，逐一做好个别户的思想引导，村里怨天尤人、牢骚满腹的人少了，以前患懒病的也不懒了，动不动要政府解决的也不找政府了。一句话，风气正了！

一天，村会计有些兴奋地告诉大家，刚路过邓富饶家门口，老人家居然满脸笑容，喊他进屋喝茶呢。

村中有一块土地，路、水配套，一个叫予之创的农业开发公司表示了极大兴趣，想流转过来开发生态观光农业。如果事成，公司、入股农户、村集体三方受益。多好的事，却一直不能落实。

陈飞多方了解之后才明白：原来，村中经过综合整治的连片土地面积大，村支两委希望予之创公司能尽量多流转土地，以便让更多农户入股，带动大家增收，但公司从多方面考虑，不想一下子把摊子铺得很大。能招大商，固然理想，但大商暂时招不来，土地一直闲置，没有充分发挥价值，老百姓看不到希望，也不是办法。陈飞组织干部和群众代表召开会议，阐明尽早引进企业的现实意义和利弊关系，鼓励大家充分发表意见。有的干部说："土地闲起是闲起，种苞谷、红苕完全不划算，不如让公司先发展起来。""对，大家支持它发展，它有了效益，自然会逐步扩大规模。"有的群众代表提出："如果公司耍赖，保底分红没给的，啷个办？"有的人就建议："每年的协议款，也就是土地的保底分红，必须提前一年支付。不支付就终止协议。"多好的主意啊。把问题摆出来，让群众自己思考，自己争论一番，道理会越争越明白，最终，就是群众自己说服了自己，也提出了解决问题的办法。

腊月二十七，予之创公司来到安坪村，流转土地100余亩，与64户农户逐一签订土地入股合同并按每亩每年800元现场支付一年的保底分红。公司都还没有进场，农户却已经拿了分红，这可是货

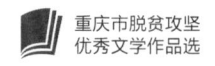

真价实的"保底"呀！村里欢声笑语，一个年都过得格外开心。

开年，新冠肺炎疫情刚一稳控下来，予之创公司就急急地进场施工，平均每天组织二三十名村民整地，安装设施，栽植樱桃、葡萄苗，接着又安装大棚……果苗还小，公司就在田间种植了西瓜。7月，西瓜成熟，能卖几万元。对公司而言，这一点收入微不足道，聊胜于无。入股农户比公司老板还高兴，他们朴素的心里，是觉得公司已经为大家提前保了底分了红，还发了工资，是在倒贴呢。他们希望通过自己的劳动，让公司实实在在有回报。给公司干活，大家都干得巴巴适适，就像给自己干着一样——本来，公司每年的盈利，入股农户还会有15%的分红。3组贫困户尚明金以1.27亩谷地入股，每天在公司务工，工资月结，现在已经领到手7000多元，加上保底分红，他一年的收入不会低于一万元，那可是入股之前种地收入的5倍多；以后公司有了正常营收，加上效益分红，他的收入又要大大增加一笔。

在安坪村干得顺风顺水，予之创对下一步充满信心，已瞄准高速公路开通以及小三峡国家5A景区水陆环线旅游带来的机遇，规划投资2000万元，建设以高品质水果采摘体验为主，配套吃、住、游、购、娱，努力打造在周边区县都有影响的乡村旅游点，目前已完成投资600万元，2021年就将具备接待能力。

村民都说，早点把公司引进来，硬是搞对了！

7月上旬的一天，中央政治局委员、国务院副总理胡春华来到安坪村调研，陈飞当面汇报了安坪村脱贫攻坚的情况。

"我向胡副总理汇报了足足六分钟。"他自豪地说。毫无疑问，他一辈子都将记得这个荣耀。

这是陈飞的荣耀，更是安坪村的高光时刻。

那一天，恰好雨后放晴，山川洁净，成片的脆李林格外青翠，已经成熟的脆李散发着带甜味的芳香。村中的油化路、水泥路四通八达，户户连通。红墙青瓦的房屋、原色土墙而又上了一层清漆的瓦房或孑然独立，或三五聚集，疏密有致。房屋与房屋的中间缀着树木或是庄稼，于是红的更红，绿的更绿。公共场地建了几座休闲凉亭，也是木头原色上了清漆。村子的中心，高高地竖着一根银亮的不锈钢旗杆，上面悬挂着鲜艳的五星红旗。不用说，这是村委会办公所在。两层的办公楼白墙黑瓦，简朴利索，门前连着不大不小的文体广场，铺着深绿色的塑胶地面，雨水冲刷得特别干净。广场一边安装了一些健身器材，四周院墙上，一块块宣传栏里，是村里践行社会主义核心价值观，持续开展"养四气""聚五福"活动的剪影，以及开展"好公婆""好媳妇""好邻居"评选活动评出的一张张幸福的笑脸。院墙下面，种着普通的花草，走出去，村道两边，还有那家家户户砌着矮墙的小院里，四季蔷薇、三角梅、海棠、凤仙都开着花……这是多美的乡村田园图画。

　　目送胡副总理的汽车离去，回首安坪村的田园美景，陈飞心里充满无法言说的甜蜜和自豪。

　　他跑好了自己接力的这一棒！

重庆市脱贫攻坚
优秀文学作品选

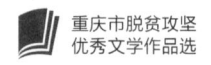

人物档案

王光信，男，1964年9月出生，中共党员，长江三峡集团三峡电厂高级技术师，重庆市巫山县三溪乡桂坪村脱贫攻坚驻村第一书记、工作队队长。

桂坪村亮了

时隔一年，王光信还清楚地记得第一次来到桂坪村的情况。

他是长江三峡集团三峡电厂的高级技术师，长期在湖北省宜昌市工作，家也在宜昌。组织选派他到重庆巫山开展脱贫攻坚定点帮扶工作，安排车辆送他到村里。2019年5月28日，从宜昌出发，经高速公路三个多小时抵达巫山县城，然后折返高速从骡坪互通下道进入三溪乡。乡境内有高铁建设工地，大型施工车辆把原来的水泥路压得不成了路，坑坑洼洼，车子一跑，屁股后面便是灰尘漫天。经过乡场镇，镇街唯一一条马路正开膛破肚进行管网改造，街道本来就窄，挖起的土石沿路堆在旁边，恨不得堆到店铺里去，人们就在土石堆上走过来走过去，乱得没法。绕道出了场镇，从乡道进入桂坪村，土路更窄了，假如对面有车来，根本错不开，只有一辆车倒车，倒很远，找到一处稍宽的地方，或是干脆倒进路旁村民的院坝，这才终于错开车。

到达目的地，王光信忍不住叹了一口气。他完全没想到三峡库区还有这么贫困的乡村。

他住在村委会二楼的一间屋里。收拾了屋子，当晚住下来，他怎么也睡不着，披衣起来，想在院坝里转一转，或者到村道上走一走。出了门，黑咕隆咚，四周一片死寂，竟然有些害怕，就呆呆地站了一会儿，仍然回到房间，躺在床上，睁着眼睛想事。

他是55岁的老同志了，从小也是在农村长大，老家宜昌市长阳县，也是山区，但从十四五岁读中专离开家乡，到现在已经40多年没再在农村待过。而今天从作为湖北省第二大城市的宜昌出发，像时光穿越，突然来到这样的桂坪村——路是那样灰杠杠的窄土路，夜是这样黑咕隆咚的死寂的夜……心头免不了有些失落。他一直有很好的睡眠习惯，今天竟然睡不着了。

集团公司选派参与脱贫攻坚定点帮扶的干部，王光信不是唯一一个，但却是年纪最长的一个。

大半夜过去，王光信终于想明白了：单位推荐了自己，上级党组织确定了自己，作为一名共产党员，既然接受了任务，那就应该扎下根来好好干，干出中央企业应该有的样子，确实发挥定点帮扶的作用。想明白了，他就睡着了。

桂坪村村小，面积不大，人口不多，只有4个村民小组，户籍人口380户1080人，其中建档立卡贫困户51户205人，已脱贫46户188人。

王光信带领驻村工作队另外两名巫山本地的工作队员，遍访全村各组各户摸情况。

半个月，心里有了谱。

驻村工作队同村支两委开会，大家一起梳理问题，商量下一步工作要干哪些事：

5户还未脱贫的贫困户要脱贫；

村委会的院坝太窄太小，就跟普通农家院坝一样，开个会、搞个活动完全摆不开，全村至今也没有一个稍微大一点的活动场所，所以，该建一个文体广场；

村里还有3.7公里公路需要硬化；

……

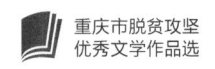

王光信说："我还补充一个事情，争取安装几十上百盏路灯，把村里搞亮。"

几十年从事技术工作，王光信养成了列清单，然后逐一去落实的习惯。

桂坪村脱贫攻坚下一步的目标任务已经明确，现在只剩一件事，那就是开足马力干！

未脱贫的贫困户虽然只有5户，但这5户家家都有非常突出的具体困难，都是不容易脱贫的户。

4组的范兴燃，几年前丈夫意外死亡，留下三个年幼的小孩，还有一个年逾八旬的公公。公公半身不遂，大小便失禁，全靠范兴燃服侍。丈夫本来是公公收养的，同公公没有血缘关系，但范兴燃却像亲生女儿一样，多年来一直尽心服侍老人，尽到丈夫没有尽到的孝心，全力支撑着这个家。

范兴燃家作为易地扶贫搬迁户，享受政策补助5.2万元建了新房，住房条件已彻底改善；3个上学的孩子也一直按政策享受"两免一补"（免费提供教科书、免除杂费，补助生活费），但全家生活来源还是大问题。对此，王光信同村支两委商量，对她家4口人纳入低保，继续予以兜底保障。

范兴燃的坚强和孝道也深深感动了王光信，王光信将她的情况向单位领导作了汇报，并提出募捐救助的想法。单位领导高度重视，立马在单位党支部发起募捐活动，仅仅两三个小时就募集爱心救助资金10000元。

当王光信把三峡电厂起重金结分部党支部募集的爱心基金交到范兴燃手中，这个坚强的女人感动落泪了。

3组的毛永兰家是一个再婚家庭，共有5口人，两个孩子上学，一个最小的女儿四五岁了，却还瘫痪在床，话都不会说，同婴儿一样，全靠大人照顾。长期负担重，毛永兰自己也患上了精神疾病，靠吃药控制。

村里为这个家庭安排了5个低保，并对毛永兰及其小女儿给予残疾人护理、生活补助，又积极联系县残联寻求支持和帮助，将其小女儿送到万州接受康复治疗。目前孩子变躺为坐，还能够自己挪动椅子，身体健康状况大为好转。

还有2组的代永斌、4组的谢崇华、3组的唐永川，王光信逐一入户，同村里想方设法解决他们的具体困难，将3户家庭均纳入兜底保障，让他们按政策享受最大关爱和帮助。

党和政府的温暖、社会的关心和援助，让5户贫困户从精神、物质都得到实实在在的支持，他们有了依靠，也有了动力，家家发起奋来，能种植的种植，能务工的务工，家庭生活状况都明显地一天好过一天。

利用三峡集团对巫山的帮扶资金，桂坪村积极争取到3.7公里的道路硬化、500平方米的村文化广场以及120盏光伏路灯等建设项目。

几件大事迅速铺开，齐头并进加快建设。

一段时间，村里到处充满了欢声笑语。铺路的，在村委会门前为修建文体广场砌堡坎的，抬路灯的……村民都积极投工投劳，忙得热火朝天。

5月，3.7公里公路开始硬化施工。

7月，120盏太阳能路灯全部安装到位。主干道上，路灯均匀地一条线排下去；支路上，村民住家稍微集中一点，也安装了路灯。村里的夜晚彻底变了，变得温馨、可爱。以前村民一到天黑就关在自己家里，现在也学城里人一样，三三两两走出来，在干净、平坦的村道上悠闲散步、健身……

8月，文体广场建成。从那以后，村委会就成为了村里的文化娱乐中心，每天晚上，只要天气好，村民从四面八方散步到这里，

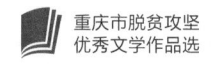

也像城里人一样,伴着音乐,跳起了坝坝舞。

欢乐的村民离去,广场上的三根路灯仍然亮着,照着宽阔的广场,也照着广场里侧的村委会办公楼。

整个桂坪村,也就这么美丽地亮着。

一年过去,桂坪村基础设施发生了巨大变化,老百姓生产生活条件进一步改善。

看着这位湖北来的干部实实在在为村里干事,看着他疫情期间匆匆赶回村里,隔离期结束之后就忘我地投身防疫一线,投身春耕一线……全村干部群众都把王光信当成了朋友,当成了亲人。

1组贫困户、70多岁的向世东因高铁建设占了他家耕地,近年来一直上访,说占地补偿低,他吃了亏。其实占地补偿都是一个标准,哪里会让他吃亏?王光信就有意无意经常往他家里走,陪他谈天,好言好语开导他。

一次,向世东生病了,儿女没来得及赶回来,王光信就同老人的帮扶干部——村副主任开车把他送到县医院治疗。治好了病,又回了家,不管医疗费、交通费、生活费,老人自己一分钱没花,他也真正感受到党和国家的政策好,感受到各级干部对他的照顾和帮助。从那之后,他再也不上访了。

按照组织安排,在桂坪村驻村帮扶为期两年,到2021年5月结束,在离开之前,王光信还想抓紧时间干两件事:2、4组共197户村民饮水存在季节性缺水问题,要把他们的饮水问题彻底解决;硬化剩下的三四公里村道,让村里最边远的少数几户群众也享受到公路硬化到家门口的便利。

对这两件事,王光信胸有成竹,因为他知道,他的身后是长江三峡集团。

人物档案

姚建刚，男，1984年6月出生，中共党员，山东省烟台市农业科学研究院蔬菜所专家，东西部扶贫协作派驻重庆市巫山县农业农村委员会脱贫攻坚帮扶干部。

村里来了个姚博士

2020年6月28日早晨，金坪乡境内，一辆小轿车在县道上匆匆行驶着。最近连续阴雨，道路湿滑，沿途都有山石滚落在公路上。雨后大雾弥漫，正是金坪等高海拔乡镇常有的现象。

这条路，姚建刚已经跑了四五十趟了。

还记得去年刚到巫山的时候，他很不适应坐车下乡。他从小在北方地区长大，哪里见过巫山这样的大山区。公路在山中盘旋，忽上忽下，弯多且急，他一上车就存着疑心，一趟下来，必定头晕呕吐。结果，几个月跑下来，他已经形成了"免疫能力"，也不晕车了，也不吐了。雨天公路常常遇到的落石、塌方等现象，他也都见惯不惊了。

此刻，他惬意地从窗口欣赏着沿途群山叠翠、云雾缥缈的美景。

突然，司机一声惊呼，轿车猛地一甩，姚建刚的身体不由自主地撞在了车门上。

车子停住了。

原来，为避让对面方向来车，车子躲避不及，车头一下撞到了公路里侧的山坡上。

幸好只是车子吃了亏，人都还好。

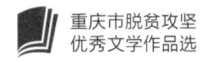

姚建刚安慰司机，让他在后面处理事故，自己则等了一会儿，拦了一辆过路车，继续往前边赶去。

今天上午9点，袁都村将准时召开蔬菜种植培训现场会，100多位村民都等着听他的课，有的还是从10多公里以外的其他村子赶来的，他不能爽约，不能迟到。

2016年，山东省与重庆市开展东西部扶贫协作，烟台市在巫山县建立博士工作站，自此，一大批来自烟台市高校、科研单位、企业的专家，逐年陆续派往巫山，他们或在巫山开展短期调研，向当地党委政府提出以供决策参考的意见、建议，或进当地政府部门、企事业单位，或驻当地乡镇、村社挂职，协助开展脱贫攻坚工作。

姚建刚正是被选派的专家之一。他本是烟台市农科院的蔬菜专家，于2019年6月派往巫山，挂职期限半年，主要职责是指导农业产业发展。

只挂半年，年底就可以结束任务回烟台。他自己一直是这样计划着。

巫山饮食不是麻就是辣，让他很不适应，到巫山的第一个月，他就一直不停地拉肚子。但是农业生产具有极强的季节性，时间不等人，错过几天也许就是错过一年。他忍着身体的不适，冒着酷暑坚持深入乡镇、村社调研，了解巫山农业产业发展情况。

他发现，巫山农业产业体系已基本成型，但农业耕种仍然沿袭几千年的传统方式，粗放型经营管理突出，单位土地产出效益极低；巫山本是农业大县，但蔬菜品种、产量却完全无法满足本地需求；种植基础设施薄弱、农民组织化程度不高、生产科技动力不足等因素已成为制约巫山蔬菜产业发展的瓶颈问题。

他还注意到，烤烟是巫山农业一大支柱产业，各烤烟种植地区一般都配套有烤烟育苗大棚，但是烟苗定植后塑料大棚长时期处于闲置状态，造成了资源的严重浪费。

为此，他提出，要转变巫山传统的农业种植模式，向高效、优质、高经济效益的种植方向发展——要利用设施大棚种植经济效益高、附加值高的蔬菜作物，如番茄、黄瓜、西葫芦等。

在金坪乡，他与乡党委书记彭钢、乡长赵岗一拍即合，决定在该乡袁都村利用闲置的烤烟育苗大棚建设一个12亩的"精品设施蔬菜"示范区。

于是，由姚建刚全面策划并担任技术指导，迅速对袁都村的4个烤烟育苗大棚进行了改造，建设了肥水一体化滴灌系统，整治了土地，烟台市农科院无偿提供本院选育并享有独立知识产权的黄瓜、番茄、西葫芦等蔬菜新品种27种，姚建刚指导村民采取"育苗基质+穴盘"育苗技术、水肥一体化技术、地膜覆盖技术、病虫害绿色防控技术等，在4个烤烟育苗大棚演绎现代"设施蔬菜"全套种植技术规程。

为了让袁都村"设施蔬菜"后继有人，姚建刚在针对村民规模培训之外，又特意重点培养了一个嫡系弟子——年轻好学的村干部翁连申。对他，姚建刚不吝开小灶，手把手无保留地传授了"设施蔬菜"全生育期的全部关键技术。

翁连申清楚地记得，定植黄瓜苗的头天，姚建刚一再提醒：定植要赶早，所有瓜苗必须在上午9点钟之前完成定植。那天，翁连申带领村民起了个大早，天还没亮就开始干活。刚干一会儿，姚建刚就赶来现场指导。一问，原来他是凌晨4点钟就从县城出发了。

大棚里的蔬菜苗栽下去了，长起来了。

村里种菜的一些老把式跑来一看，不禁惊呆了：好家伙，大棚里的番茄、黄瓜等竟然比他们露地种植的多了一倍！

种得这样密，能有收成？他们将信将疑。

采收季节到来，大棚里的黄瓜亩均产量超过15000斤，按市场收购价格2元计算，一季黄瓜每亩收入超过3万元；番茄亩均产量

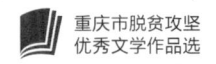

可达 15000～18000 斤，产值可达到 2.7～3.8 万元。无论黄瓜、番茄，大棚种植均是露地种植产值的 3—5 倍。

全村老百姓一下子服了气，都说："这个姚博士，莫看他年纪轻轻，专业技术真不是虚的！"

袁都村发展蔬菜产业的积极性一下子高涨起来。

但是，姚建刚的挂职期只有半年，他回家去过春节，是不会回来了。

乡党委书记彭钢极力挽留他。袁都村主任，村里的干部、群众都在挽留他。

大家都说："姚博士，你教会了我们下半年种蔬菜，可是上半年嘟个种，你还得教一下呢。"

大家说的也有道理：袁都村的"设施蔬菜"上半年种什么，怎么种，也需要实地探索一下才会有最科学的答案。

面对金坪乡领导的期待，面对袁都村干部群众的信赖，姚建刚无法拒绝。经汇报征得烟台市农科院及相关部门领导的同意，姚建刚服务巫山的时间得到延长。开年因为新冠肺炎疫情影响，姚建刚待在老家，就利用视频、电话方式指导袁都村老百姓进行生产。在疫情稳控之后，姚建刚就第一时间回到了巫山，回到了袁都村。

2020年上半年，利用没有实施烤烟育苗的3个大棚，他再次精选了适宜袁都村气候、水土条件的黄瓜、番茄品种加以大规模种植。4个月后，当大棚种出的"金阳蜜株"樱桃番茄结满枝头，袁都村的老支书翁万堂品尝之后由衷地感叹："从来没吃过这么好吃的番茄！姚博士给我们带了新的品种、新的技术，也给我们村带来了新的希望！"

袁都村一直有种植蔬菜的传统。既然暂时没有那么多的大棚，而村民发展蔬菜的积极性又很高，姚建刚就有针对性地就露地种植作培训和指导。

于是，袁都村的田间地头，总看见一个花白头发的瘦瘦的年轻人，操着一口地道的山东普通话在说："番茄、辣椒，都要打枝，打枝就结得更多，更大，果形也更好，更有卖相……你不信？"

"信！姚博士说的能不信？"

于是哗啦传出一片笑声。

为了村里的蔬菜产业发展，姚建刚踏遍了袁都村的每一块土地，深入全村每一个蔬菜种植户。白天，他在田边地头为群众示范演示，晚上就在灯下钻研业务。生产上不管遇到什么难题，村民们只要一个电话，他就立马赶到田间，赶到家中耐心讲解和指导。

6月的袁都村，无论大棚里，还是露地种植的蔬菜园，水果黄瓜葱绿喜人，长相齐整，红彤彤的番茄成熟待采……一派丰收景象。

远处，则是烟台市其他部门派出的农业专家指导发展的秋月梨树林……

2017年以来，烟台市鱼渔并授，倾力开展扶贫协作，从人、财、物等方面全方位支援巫山，在金坪乡建成20亩蔬菜大棚，种植大樱桃200亩、秋月梨1314.6亩，并以点带面建成3个甜柿采摘园，种植海洋甜柿700亩，建成了极具发展后劲的现代农业示范园区。

全村共有45户村民从事蔬菜种植，户均增收5000元以上。村里51户贫困户全都从蔬菜产业发展中享受到实实在在的好处。该村5组的建档立卡贫困户翁万满不仅在大棚打工，每月能挣2000元左右，每年还能拿到2亩地的流转费和村集体经济年底分红，如今已顺利脱贫。

袁都村鲁渝扶贫协作现代农业产业园，已经成为烟台市与巫山县东西部扶贫协作的典范。

姚建刚始终牢记烟台市农业农村局、烟台市农科院等各级领导的叮嘱：尽烟台所能，尽巫山所需。

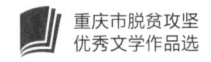

除了袁都村，姚建刚不遗余力地奔赴巫山县各乡镇调研和指导，期望推广袁都村"设施蔬菜"的模式，全县24个乡镇适合发展蔬菜的，他几乎跑了个遍，并举办"设施蔬菜优质高产栽培技术"等专题培训30余场次，现场培训农业科技人员、种植大户、贫困户近1000人次。

目前，全县50多个烤烟育苗大棚已推广袁都村模式，加快发展"设施蔬菜"，初步形成了"早春番茄种植+秋延迟黄瓜+越冬叶菜类蔬菜种植"的多种类蔬菜种植局面，每年创收500余万元。

又一个半年转瞬即逝。7月，姚建刚接到烟台市农科院通知，另有工作任务等着他。他不能不离开巫山了。

刚到巫山，他很不适应。离开时，他也多少有一点不适应——他舍不得袁都村了。

他把技术留在了这里。

他把心血和汗水留在了这里。

他也把眷恋留在了这里。

至今，已回到烟台的姚建刚还常常出现在袁都村的微信群和许多干部、村民的朋友圈里。

"姚博士，我这苗总是不长，到底是缺什么肥呀？"

"姚老师，你看看这张图，是什么病虫害？"

"老姚，为什么我的辣椒只开花不结果？"

放心，不管多忙，不管多晚，姚建刚一定会一一回复，认真解答。就像他还根本没有离开袁都村一样。

人物档案

艾雷，女，1996年10月出生，重庆市巫山县特殊教育学校康复班班主任，送教上门第一工作组组长，共青团员。

送教

星期六，艾雷不能休息，她要去参加送教上门活动。

她同另外两位老师一起，三个人组成了"巫山县特殊教育学校送教上门第一工作组"，大家各有分工：张老师教生活语文；姜老师教生活数学；艾雷是工作组组长，她除了对学生进行肢体康复训练之外，还要负责制订送教工作计划并作工作总结。

在她们所属的巫山县特殊教育学校，这样的送教工作组共有13个，全校老师都参与，一到周末，就分赴各个乡镇，对28名不能到校学习的残疾学生上门送教，既教授文化知识，也进行康复训练，帮助他们提高生活自理能力。

在巫山县，各乡镇中小学校针对当地不能到学校接受义务教育的极重度残疾学生，都在开展这种送教上门的活动。巫山县教委出台了《巫山县义务教育阶段残疾儿童少年送教上门工作方案》，制定了具体的服务原则、目标任务、工作内容，还对送教的教师开展了集中培训，让大家能够针对不同障碍类型的学生采取不同的教育康复手段，确保送教不走形式。

不让一个孩子失学，当然也包括所有残疾孩子。

艾雷她们送教的地方倒不是很远，开车一个小时就到了，在县城北面一座高山上，巫峡镇春泉村6组。

学生名叫章小明（化名），10岁。家里6口人，有70多岁的奶

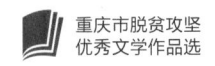

奶；有爸爸、妈妈，两个人都患有疾病，需要长期服药治疗；还有读小学的哥哥和弟弟。家庭收入低，开销大，负担重，是建档立卡贫困户。

小明因妈妈生他的时候难产，导致脑瘫和智力障碍，四肢严重痉挛，不能独立行走。因完全没有基本的生活自理能力，无法住校就读，县特殊教育学校只能采取送教上门的方式让他接受教育。

每周一次的送教时间并不固定，有时是工作日，有时是周末双休日，主要是看家长情况，需要家长在家配合。对小明的康复训练，单凭每周一次的训练课肯定是远远不够的，必须靠小明父母经常性地督促、辅助小明进行训练，这就需要艾雷她们给小明父母做示范，让他们掌握康复训练的一些基本要求和方法。

一年之前，春泉村主干道拐入6组的支路还是一条土石路，一次雨后塌方，大家在泥地深一脚浅一脚地走，每个人鞋底都带了厚厚的泥巴，一只脚都有好几斤重，走路非常吃力。现在土路也全部硬化了，车子直接开到了小明家的院坝。

这是一个刚建没两年的两层砖混楼房。房后长着几棵高大的核桃树，高过了房子，青绿的核桃三个两个一簇点缀在枝叶间。

每次到家，奶奶总会摆一盘子葵花子、干核桃。她总是热情地劝请："我们这个是老品种核桃，香得很，你们吃嘛，吃嘛！"

车子刚停下，家里的土狗就摇着尾巴跑上来，每个人的裤管、鞋子都闻一闻，亲热得不行。刚来这家时，它才是一两个月的小奶狗，现在已经长成一条壮实的大狗了。

家里最开心的当然是小明。经过两个学期的学习和训练，他有了很大的变化。以前，他很内向，很自卑。艾雷她们刚来上门送教的时候，他还有些抵触，因为他从没有接受过那么多的要求。现在，他开朗多了，喜欢说，也喜欢笑。看见老师来，他有些害羞地笑着，一个个地喊："张老师好！姜老师好！艾老师好！"

他的发音有些吃力，但是特别认真，让人心里软。

艾雷家在重庆市主城区。小时候，有个堂姐因药物影响出现听力障碍。堂姐性格好，艾雷很喜欢跟她玩。堂姐的手语，艾雷不懂。从那时起，学会手语，学会跟残疾人交流，就成了艾雷潜意识的一个想法。

大专，她就报考了特殊教育和护理专业。

临毕业那一年，在渝北区某特殊教育康复机构实习的时候，她负责辅导一个四五岁的小孩。家里都说孩子已经经过医生检查，没有听力，不会说话了。艾雷在辅导孩子们时发现，其实孩子是有听力的，只不过长期处于自我封闭和缺乏语言交流的环境，没有说话的习惯，也慢慢丧失了开口的能力。艾雷为他开展了系统的语言训练，一个口型一个口型地练习，一个词一个词地强化，3个月下来，孩子当着父母的面，清晰地喊出了"爸爸，妈妈"。那一刻，孩子的父母喜极而泣。心头充满成就感的艾雷，也流下了喜悦的泪水。

艾雷真是从内心愿意亲近这些孩子，愿意一辈子跟他们打交道，希望走进他们的世界，给他们尽量多地带去光芒和温暖。

上周，小明学习了汉语拼音"o"，书写了他自己姓名中的"章"字。对正常健康小孩，学会写一个字太容易，但对小明，就很费劲。"章"被分解成"立、早"两个字。"立、早"，小明已经通过此前的教学掌握了，把这两个字上下组合在一起成为一个新字，小明写了很多遍，还是不能熟练掌握，除了笔画、间架结构的问题，还总喜欢少写"早"字上部"日"字中的一横。

这次的生活语文课，除了复习巩固上周所学的内容，还要新教授汉语拼音"e"，并书写小明名字中另一个笔画较多的字："明"。

小明的眼睛天生带着斜视，手眼不能协调，用笔书写真是一件有些吃力的事情。但是，他一笔一画专心而努力地书写着。他是感受着学习的快乐了。他有了自信了。

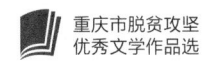

上学期，学校给他发了一个"进步之星"奖，这个奖状就像哥哥、弟弟和附近小朋友的"三好学生"奖状一样，小明很是荣耀。

家里人都鼓励他，让他这个学期还要争取"进步之星"。

上周的生活数学教了"2"的书写与分解，这次的课就教"3"的书写与分解。"2"可以分解成"1+1"，"3"可以分解成"1+1+1"或是"2+1"，摆两个物品，知道这就是"2"，伸三个手指，能知道这就是"3"。

对小明，只能这样慢慢来。

小明掌握得不错。

康复训练继续上次训练的内容，主要是针对小明下肢痉挛、无法行走的状况，继续加强下肢肌肉力量和协调性训练，同时有针对手眼协调的训练——"粘苹果""点连线"。

几个月之前，县残联把小明送到了垫江县免费做过下肢手术，现在小明已能使用助行器自己缓慢行走。

艾雷扶着小明在堂屋、院坝里慢慢行走，一边告诉小明父母辅助的要领和一些注意事项。

小明走了几圈走累了，艾雷就让小明坐下来，教他在纸上画一棵树，然后把从学校带来的苹果贴纸——是一个个小纽扣大的苹果图案，就把"小苹果"撕下来，在纸背面用固体胶涂一下，再小心地粘到树枝上去。

这是一个需要耐心、细致的小手工课，手臂、手指等部位的小肌肉群，以及手眼的协调，就在不断重复的一系列精细动作中得到锻炼。

哥哥和弟弟，还有旁边几户邻居家的孩子，五六个小孩都在桌子边上饶有兴味地围观。

经过多次练习，当小明努力克服双手痉挛和视力的不便，成功地把两个点用一条比较直的线条连起来，再不是开始的时候那种蚯蚓一样弯弯曲曲的线条，围观的孩子们都像自己取得成功一样发出由衷的欢呼。

三堂课过去，已经快中午了，艾雷她们最后叮嘱一遍家长日常康复训练的注意事项，就道别返回。

她们不在小明家中吃饭，这是工作纪律。每次，小明的父母和奶奶都热情地挽留，但她们都坚决婉拒。只有一次，去年腊月，小明家里杀了年猪，万般推辞，家长都有些生气了，艾雷她们才留下吃了一顿杀猪饭。老旧斑驳的木桌上，摆着四盘菜：炒腊肉、炕洋芋、白菜猪血汤和酸豇豆。这是小明家里拿得出来的最好的饭菜了。

每次临走，小明的父母和奶奶都会不住地表示感谢。小明每一点进步，都让他们高兴。小明能自己吃饭了，吃饭的时候自己的桌面上一定收拾得干干净净的，再不像以前汤饭撒满了桌子；还能自己运用辅具上厕所了……这许多小得不能再小的事和一些细节，都让他们快乐。

每次离开，全家人都站在院坝里，目送着艾雷她们乘坐的汽车走远。

每次返程，艾雷她们都有满满收获的喜悦与自豪。

让每一个残疾学生越来越有生气，让每一个贫困家庭因残疾孩子进步越来越有生气，这就是艾雷她们开心的资本。

对小明这个孩子，按工作计划，巫山县特殊教育学校送教上门第一工作组会继续开展工作。在小明基本具备到校就读的能力之后，就把他吸纳到学校读书。也许持续送教8年，直到他长到18岁。

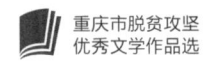

人物档案

李斌，男，1975年4月出生，重庆市巫山县福田镇党委书记。

转型之路

曾经，福田镇很多年都是巫山县有名的经济重镇，一度荣膺重庆市经济百强镇。其煤炭储量丰富，煤炭开采、选洗工业发达，由此带动运输、服务产业发展，一煤独大，养活了福田镇，壮大了福田镇。福田镇老百姓的腰包不是全县最鼓的，也是最鼓的之一。"福田"之名，诚不欺也。

然而，李斌到福田镇任职党委书记的时候，一切骤然改变。

2016年，全县煤炭企业除保留1家大型企业之外，其余全部关停。福田镇5座煤矿无一幸免。全镇经济断崖式下跌，大量农村群众的生产、生活失去了依靠。

脱贫攻坚已经实施两年，产业发展却面临重新洗牌，福田镇党委、政府面临巨大压力。

一种莫名的灰暗、悲伤笼罩在福田镇干部群众的心上。

李斌深知，福田镇的未来必须走出黑色，走向绿色，实现产业再造。阵痛是必然的，也一定是暂时的。

他的使命，就是带领福田镇干部群众迅速走上一条转型发展之路。

福田镇面积大，有耕地5万亩，土壤肥沃，水源丰富。镇内的丘陵最低海拔300多米，最高海拔1000多米，带级落差、立体气候较为明显。

根据生态、地理特点，镇党委确立了"三品两区一中心"发展定位，明确了规模发展柑橘、脆李、茶叶三大特色效益农业的产业发展思路。

一是在海拔500米以下的低山带发展晚熟柑橘。

在天宫、凉水、凌云等村的低山带，原本就有2000余亩柑橘，种植了多年。但原来煤炭行业好，老百姓对柑橘重视不够，疏于管理，加上曾经发生大实蝇疫病，柑橘基本上没有体现出应有的效益。

老百姓都说不想种柑橘了。

如何盘活已经具备一定基础的柑橘产业，让老百姓增强信心？

镇党委、政府建立了班子成员包村、中层干部包片、镇村干部包户的三级联动机制，落实产业发展到人到户到田块，以原有的2000亩，加上新建的6850亩柑橘园为突破口，建立全程社会化服务统一管理模式，明确种植技术标准，实行统防统管。

镇、村干部当先锋、打主力，用真心和榜样让群众打消顾虑、树立信心。很快，群众不再消极埋怨，而是积极主动投身于柑橘管护。

凌云村、凉水村恒河果业1400余亩的柑橘园长期亏损，只经一年的精心管护，就扭亏为盈，160万斤柑橘卖了近400万元。

天宫村引进巫山县天源农业发展有限公司，以"公司+农户"的模式，流转2500亩的耕地建设了精品柑橘园。

该村5组贫困户熊禹坤以前在煤矿打工，现在自家5亩耕地流转给天源农业发展有限公司，每年土地租金收入3000元；当果园需要除草、施肥、打枝、采摘的时候，他又成为果园聘请的工人，每月可以挣3000多元。对现在的生活，熊禹坤十分满意。

仅务工一项，巫山县天源农业发展有限公司每年就可为当地村民增加劳务收入200万元以上。

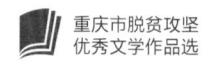

二是在海拔500—1000米范围的丘陵发展脆李、茶叶。

松柏村的低海拔地带种植了柑橘，中海拔范围却还是红苕、苞谷、洋芋三大坨，经济效益极差，老百姓增收无望。

脆李已经成为巫山县第一特色产业，亩产值可达1.6万元。

李斌到松柏村调研，交给村支两委一个任务：迅速发动中山带群众，把脆李产业搞起来。

该村一直没有规模种植脆李的历史，很多群众对此充满怀疑和抵触。村支书肖裕兰就自己带头，和丈夫流转了700亩土地，种起了脆李。看到肖支书带头，村民的疑惑更少了，于是一个带一个，很多家庭都种上了脆李。

3年下来，松柏村一共发展脆李2500亩。全村56户贫困户实现了户户有产业，全村382户农户或分红，或收租，或务工。

如今，松柏村2500亩脆李已逐步进入丰产期，年收入可达120多万元，脆李种植户户均增收3万元。

水口村3组村民龚正弟是福田镇的"脆李达人"，不仅承包600亩荒山种植脆李，还带动了当地20多户村民一同发展。

在镇政府支持下，龚正弟带领多名脆李种植能手成立了脆李管护全程社会化服务合作社，对全镇19000多亩脆李进行统防统管，对全镇脆李种植户进行技术培训和指导。

三是在海拔和土质适宜地区发展茶叶。

茶叶在福田镇有悠久的种植历史。肥沃的火山石土壤，四季环绕的云雾，孕育出福田茶特有的品质。

双凤村平均海拔600米，村里很早以来就有零星的茶叶种植，所生产的茶叶品质特别好，远近闻名。原村支书翁泽琪看准了茶产业的潜力，发动村民种植茶树。在他的带动下，该村茶叶种植面积从2002年的100余亩，发展到2009年的1000多亩，之后又成立了茶叶种植专业合作社，2015年又投入500多万元引进了茶叶标准化生产线。

双凤村3组贫困户夏忠友、王伦英两口子以前主要靠务工，看到村里很多人种茶增收，福田茶越卖越贵，两人也种了3亩茶。到2017年，茶田进入盛产期，一年可卖鲜叶近2万元。2018年，他们一家就摘掉了"贫困帽"。

福田茶独特的品质和良好的市场，以及镇党委政府对茶叶的大力支持，吸引了一位长期在浙江从事白茶种植和加工的老板黄德松，他到福田镇考察后，欣然投入800万元，流转1200亩土地，发展白茶种植基地，并成立茶叶加工厂，又采取"公司+农户"的模式，带动当地轿子村220户群众种植白茶增收，同时还壮大村集体经济。当前，当地还在金凤村清园建园，至年底将建成3000—5000亩的白茶基地。

规模有了，产品质量必须得有保障，才能确保产业价值和长远发展。镇党委政府通过组织多层次技术培训，建立晚熟柑橘、脆李、茶叶标准体系和种植技术规程，从种植、管护阶段就把产品质量安全观灌输到所有种植户的心中，树立了全镇打造优质农产品的理念。

福田是个大镇，对周边区域具有较强的辐射带动作用，县里面因此在福田镇规划建设江北片区果品分拣中心。投用之后，一个个柑橘、脆李等鲜果将在流水线上清洗、分拣、包装，打上统一的产品标签，销往全国各地。

连续3年，福田镇所产的晚熟柑橘以其良好的口感，通过电商平台，出口远销马来西亚、俄罗斯等国家。

产业是群众脱贫的根本支撑。5年来，按照"村村有骨干产业、户户有增收项目的"目标，福田镇党委政府坚决落实贫困群众产业全覆盖——1646户贫困户通过家庭自种、入股入社、土地流转、土地出租、种养结合等方式实现了产业发展全覆盖。

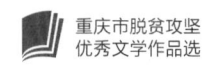

5年艰辛，玉汝于成。现在，福田镇已建设29个以柑橘、脆李种植为主的精品果园，形成了17000亩柑橘、19000亩脆李、10000亩茶叶的产业规模。

未来3年，柑橘、脆李、茶叶全面进入丰产期，三大特色效益农业分别可实现产值3000万元、3500万元、1亿元。

当前，全镇1646户6413贫困人口实现稳定脱贫。在抓好产业扶贫的同时，镇党委政府全力抓好群众住房安全保障、饮水安全保障，以及教育扶贫、健康扶贫和宜居环境整治、乡村风貌建设等工作。

走进福田镇，无论是场镇，还是各村、组以及居民点、集中安置点，一条条宽敞的水泥路似玉带缭绕，一片片产业之林绿意葱茏，一座座农家新居整洁美观，青山如黛，溪水淙淙，阡陌纵横，人烟错杂……好一派繁盛、兴旺景象。

"两巫高速公路（巫山—巫溪）已经动工，巫大高速（巫山—大昌）即将通车，福田镇的交通格局即将迎来彻底改善，届时，全镇的绿色产业又将书写乡村旅游的大文章……"李斌说。

按照规划，全镇将充分利用柑橘、脆李和茶叶连片规模优势，打造四季"尝花品果"、采茶品茶乡村旅游胜地。

绿色的福田，已经彻底从昔日的"黑金"世界脱胎换骨，用新的色彩，诠释了"福田"传统的美好内涵。

为了这块土地和这里的4.8万人民，李斌带领全镇党员干部，交出了一份合格的答卷。

人物档案

黄成斌，男，1973年6月出生，中共党员，重庆市劳模，巫山县官渡镇双月村支部书记，官渡镇天灯村党建指导员。

管火的"三板斧"

在官渡镇，我想找一个村党支部书记写写。

镇党委书记李刚军在电话里给我说："就写黄成斌吧。"

我问："是那个种花椒的黄成斌？"

"对，就是他。他是双月村的支书，现在同时参与天灯村的工作。"

以前对黄成斌了解不多，一直以为他就是个种花椒的老板。他种花椒比较早，大概是2010年前后，在官渡镇雷坪村流转了800亩耕地，种了从重庆市江津区引进的"九叶青"花椒。与本地老品种花椒相比，"九叶青"香气差点，但产量高，够麻，市场效益比较好。基地带动了一二十户农民务工，使得他们致富增收，他就因此评上重庆市劳动模范。

据说黄成斌也因投资不慎吃过亏，欠账最多的时候超过二百万元，但他不赖账，也不跑路，他老老实实挣钱还账。

他的花椒基地，每年都是有点收入的。

后来有一年，黄成斌还曾专门成立公司，承包了官渡场镇的清扫保洁。以前是镇政府聘请工人打扫卫生、清运垃圾，总不容易管到位，场镇脏、乱、差问题比较突出。一条官渡河，岸边垃圾成堆，很受诟病。黄成斌一接手，公司化运作和管理，完全不一样，

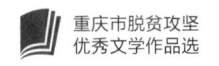

街容街貌、河容河貌马上改观，可以说创造了官渡场镇环境卫生工作的新局面。

必须承认，黄成斌有经济头脑，是能干事的一个人。

却不知道他还一直当着村支书，而且，是一位深得领导、群众认可的"老支书"。

1997年，还只有24岁，黄成斌就开始在老家万梁村当支书，直到2010年万梁村撤并到天灯村，他于当年5月辞掉支书职务，一门心思扑在了花椒种植上。2012年，那时他已经把家搬到官渡场镇，落户于双月村，受村里党员、群众的共同推荐，经镇党委考察，这年7月，他被选派为双月村的支书。到现在为止，他可是有22年村党支部书记的工作经历了。

刚接手双月村支书的时候，因场镇加快扩容，新建高级中学一所，双月村占地建设多，征地拆迁带来的各种信访矛盾一大堆，经常性地有几十上百的双月村村民堵在镇政府院子里，到中午便一哄而上霸占食堂抢饭吃。七年过去，双月村已经成为官渡镇的明星村，不管是基础设施、产业支撑，还是公共服务、乡风文明等等，都有亮点有看头，老百姓安居乐业，一心发展生产，再也没有闲心去上访了。

双月村一派祥和，邻近的天灯村却让人头疼。

实施脱贫攻坚五年，天灯村的变化也挺大，但存在的问题却也不少。主要的问题集中于撤并前的原万梁村。一是上访多，虽然不像当年双月村有那么多闹访，但老上访户多，总数超百，还常常集体上访，影响很大；二是村里的确有一些群众关心的问题一直没有得到解决，比如土地确权、宅基地复垦以及种粮直补、生态效益林补偿等涉及的资金不落实、不到位；三是村干部队伍松散，作风漂浮，干群关系对立，个别干部吃拿卡要、假公济私，甚至公然威胁群众："只要我还在村里，你一辈子都莫想吃到低保。"说这话的干部已被县纪检监察机关拿下，受到了应有的处罚，但天灯村的工作着实让人担心——一年之后，国家脱贫攻坚普查就将正式启动，天灯村能保证顺利过关、不出问题吗？

天灯村差个"管火"的领头人啊！

想来想去，李刚军觉得有一个人最合适：黄成斌。黄成斌本来是天灯村原撤并村的人，还在原撤并村当支书十多年，对天灯村的情况总体是比较了解的；更主要的是，在他的带领下，双月村由乱而治，成为全镇各方面的样板、示范，事实证明他是"管火"的干部。如果他当天灯村的领头人，相信用他在双月村积累的丰富的实战经验，能迅速扭转天灯村的不利局面。

镇党委为此专门召开会议，会上，对黄成斌的能力，大家没有什么疑问，大家担心的是：黄成斌户口已经迁出了天灯村，现在又是双月村的支书，他再去天灯村负责，合适吗、允许吗？又有人担心：脱贫攻坚已经到了临门一脚的时刻，这个时候给黄成斌加担子，一个人干两个村，他肯不肯接招？

这两个问题，最关键的可能还是黄成斌接不接招的问题。

没想到，黄成斌很爽快地接了。没错，他老家本来就在天灯村原撤并村，他惟愿天灯村发展起来，惟愿老家万梁的贫困群众和所有乡亲抓住脱贫攻坚的大好机遇，家家打一个漂亮仗。至于是不是兼任天灯村支书的问题，他无所谓，他不在乎这个名。

于是，镇党委委派，黄成斌以党建工作指导员的身份来到天灯村，实际履行村党支部书记的全部职责。

双月村的工作也不能丢，黄成斌就两头跑，常常上午在天灯村开了会，跟着就赶到双月村研究工作，吃了中饭又赶回天灯村。好在两个村紧邻，两个村委会之间的公路也就十七八公里，他开一个车，十来分钟就到了。而且，双月村的干部队伍一条心，干劲足，各项工作只要部署下去，就不用他担心太多。

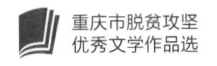

天灯村成了黄成斌的主战场。

他要把自己在双月村的"三板斧"用到天灯村的土地上：练好兵，打好仗，暖民心。

练好兵就是建好村干部队伍。

一到天灯村，黄成斌就在镇党委支持下，调换了两名不称职的村干部。

他对大家说："村干部也是干部！当一名好的村干部，五脏六腑都要好，尤其心要好。总想在工作当中捞点好处，总想要老百姓给点好处，不给好处不办事，那就是心坏了。心都坏了，能是一个好干部吗？"

如何正心？黄成斌狠抓干部学习。

以前，天灯村干部学习重视不够，大家总认为村里事多，日常事务都忙不过来，哪里还有时间专门来学习。黄成斌说：磨刀不误砍柴工，学习是前提。于是，周周抽挤时间，例行开展集中学习，学党章党规，学扶贫政策，学村里工作所涉及的一切知识……

以前，村里的干部向群众宣讲政策都是拿一本书照本宣科，不管村民怎么问，反正就是念一段书上的大道理，遇到钻牛角尖而又能说会道的村民，就张口结舌，甚至哑口无言，因为对政策还不如村民理解得透，确实没有说的，也说不明白。通过学习，大家有了底气，给村民讲低保评定，为什么张三行，李四不行；讲宅基地复垦的流程，为什么房屋量了那么久补偿资金还没有下来，讲得透，接地气，老百姓听得明白，都服气——

服气了，也就再不找村里的麻烦了。

学习让人长本领，大家越学越有劲。

对个别干部，黄成斌通过交心谈心，耐心地沟通、引导，帮助他们增强服务意识、规矩意识。

很快，村干部队伍作风好了，政策水平高了，大家一心干事，原来的小帮派集合成了村支两委的大团队。这样的兵，这样的队伍，是打得好仗的了。

新一轮土地确权，天灯村严重滞后。原因在于，几乎每家每户都觉得自家的土地量得不对，比实际的差了不少。

原万梁撤并村——现天灯村7组村民的意见最多也最杂，黄成斌就带领村干部在7组召开群众代表会，特意邀请本组离任或退职的村干部、社长，以及德高望重的村民参加，让大家充分发表意见，共同商讨解决办法。讨论来，讨论去，主意很多，但都缺乏操作性，不能得到多数人赞同。

黄成斌说："那我提一个办法。不管现在什么情况，只以1998年第二轮土地承包合同为依据，减去退耕还林面积，就作为每家每户新一轮土地确权面积。"

这的确最科学、最公平，多数群众对这一办法马上举手赞同。

少数群众还有意见，但实在提不出更科学更公允的办法，最后也只有同意。

7组的土地确权工作开好了头，黄成斌乘势而上，依葫芦画瓢，对原万梁村其余11个组，都逐一召开群众代表大会，宣讲政策，公布7组的成功经验。

花了20天，土地确权这块硬骨头，终于啃下来了。

全村616户，没有一户有异议。

天灯村7组382户村民已整体搬迁，留下的宅基地共计250多亩，历经两年却一直没有办好复垦，绝大多数没有领到补偿金，老百姓意见很大。

黄成斌为此成立专门工作组，指定专人负责，逐户梳理问题，逐户消化问题。目前，仅有5户还在办理之中，其余已全部落实补偿资金，共计2500万元以上。

土地确权、宅基地复垦，这两个大仗打下来，老百姓对村支两

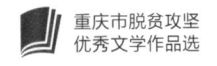

委刮目相看，村干部个个挺直了腰杆，大家干事的热情更加高涨。

黄成斌告诫大家：涉及面广的大仗要打好，涉及老百姓一家一户的小仗也要打好。

5组村民黄礼国患尿毒症，为治病在重庆主城租房子居住，每周透析三次，家里经济异常困难，他也为此常年上访，希望解决低保。

2组村民陈振英因病瘫痪，其夫宋传民就用轮椅推着陈振英不停地上访，希望解决低保。

两户群众长期上访，暴露出原来的低保评定工作简单粗暴，伤害了群众利益，造成了群众的对立。这是小仗，其实仍然是大仗。

黄成斌主持召开村支两委会议，专门研究低保评定的问题。"县上、镇上关于低保工作，是要求对符合条件的群众应保尽保。到底是黄礼国、陈振英两户不够低保条件，还是我们低保评定工作太苛刻？"

问题摆出来，大家一时都没有话说。这两家的困难，大家都知道。他们为什么一直上访，多少情有可原呢。

黄成斌直言不讳地指出："我看不是他们条件不够，是我们原来的一些干部心眼坏了，故意刁难人！"

大家说："把他们两家都评上吧。"

黄成斌说："不仅仅是这两户的问题。我看我们要认真反思和清理一下全村的低保情况，不符合条件的坚决清退，符合条件的及时纳入低保！低保精准落实不仅要应保尽保，还要应保快保！让真正困难的群众，一天不耽搁就享受到政策的红利，感受到党和政府的温暖。"

在应保尽保、应保快保的工作要求下，通过自主申请，全村群众代表大会集体评定，将69户107名群众纳入了低保兜底范围。

原来的低保评定一刀切，导致一些确有实际困难的群众被挡在政策之外。现在严格程序，不漏一户一人，所有问题一下子全部得到解决，上访的不再上访了，有怨气的也有笑脸了。

陈振英的低保终于办下来了，两口子对黄成斌感激不尽。黄成斌却对他们说："你们家还有一个问题没有解决。"原来陈振英是招夫上门，陈振英共有三姐妹，都嫁在本村。三姐妹有个老父亲，已经80多岁，是个盲人，生活不便，但有几万元存款，名下又还有几亩土地。为了继承老人的财产，三姐妹争着要把老人接到自己家，因而闹起了矛盾。黄成斌把三姐妹喊到村委会，严肃地说："晓得把你们喊起来是为么哩事吧？"

三姐妹都说："晓得，晓得。"

"丢人不？赡养老人是子女的义务，你们为赡养老人争得要打架，好像没有哪个有你们孝顺。但为什么全村的人都在暗暗笑话你们呢，因为谁都晓得，你们不是真孝顺，你们眼里装的其实不是老父亲，而是老父亲身后那一点财产。你们的孝心，哪个就变了味呢……"

一席话说得三姐妹都羞愧地低了头。当场商量了半天，定下规矩：按照当地风俗习惯，嫁出去的女儿一般不继承财产。所以老父亲的财产就由宋传民、陈振英夫妇继承……

规矩定下来，一度闹得不可开交的三姐妹、三个家庭，从此和好如初，老父亲的晚年生活也更加幸福安定。

天灯1组村民许先华同邻居胡代珍为争地界不和两年多，打过3次架，两家从老到少，都成了仇人。官渡镇派出所为此专门出警，制止了现场的斗殴，但却无法解决根本问题。腊月二十二，知道两家的儿女都回来过年了，黄成斌把两家老少召集到一处，商量解决的办法，最后双方一致同意，以现定地界为准，各自拆除所设置的障碍物。两家人从此安生，相互再不闹事了。

一个个大仗、小仗打下来，也许个别问题并没有得到根本解

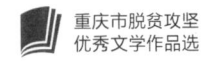

决，但全村群众看到了黄成斌带领下的村干部队伍办事的公心、对群众的热心。

以心换心，群众的心也就暖了。

天灯村的工作，果然没有让镇党委失望，黄成斌不仅迅速打开局面，而且补齐一些短板，让天灯村各项工作呈现快速推进的良好势头。一年来，天灯村新硬化村、社道路6.7公里，新建饮水池2口共200立方米，整修水池500立方米；全村山羊养殖达到20000只；脆李、核桃两大经果种植面积达到2000亩……全村稳定脱贫和未来振兴，都已经奠定了坚实的基础。

在落实宅基地复垦、土地收储政策的过程中，村委掌握了100万元复垦资金。黄成斌提出一个设想，经村支两委讨论，已初步敲定，要用这笔资金建设高标准的种、养结合的山羊养殖园区，发展生态循环农业，既为全村骨干产业发展作示范，也为村集体经济找到平台，让钱能生出钱来。

当他说到这一点，正像他说到自己的花椒基地，眼里放出了希望的光。不同的是，花椒项目是为他自己赚钱，山羊养殖项目是为村集体赚钱。

相信黄成斌设想的这个项目一定能成。

黄成斌说："我有一个体会，当好一名村干部，其实很简单，只要做到"三公加一公"——公开、公平、公正，这是"三公"；还有"一公"——公心。有公心，就没有私心，就可以到庙里去赌咒：我是从来没有要过群众一点好处的！"

天灯村附近是有一座庙，香火很旺。

我想提醒黄成斌：党员是不兴到庙里去赌咒的。当然，我也知道，他这是比喻的说法。

"我每次开会，无论天灯村，还是双月村，最后都有一个固定的议程：让大家发表意见。没有，散会。有，马上记录，建立台账，保证下来落实。我永远敢这样做，永远不怕别人提意见。这就是有公心。"

看来，黄成斌的村党支部书记的工作，不止有"三板斧"啊。

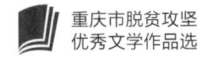

人物档案

江伟，男，1984年12月出生，中共党员，重庆市巫山县抱龙镇紫鹅村副主任、综合治理专干，巫山县紫大斗水果种植农民专业合作社理事长。

梦想

紫鹅村村委会，在一楼靠右的便民服务大厅，在工作台后面，总会看到一个硕大的黄白头发的脑袋，伏在一堆文件上，或是抵近电脑屏幕，面孔差不多贴在文件和屏幕上。很少有落空看不到的时候。

这是紫鹅村副主任、综合治理专干江伟，一位"80后"。

他天生有白化病，白化导致视力减弱，书上、电脑上的字，不抵近了看，他是看不清楚的。

脱贫攻坚以来，他全面参与村里的各项工作，主要负责内务、档案工作，事情琐碎繁杂，他就这样几乎被"拴"在村委会了。

每天，他总是第一个来到办公室，下班后，又是最后一个离开。当然，别人会说，他家离得不远，走路十几分钟就到，他还单身，跟父母住在一块儿，父母也都健康，家里不需要他做什么事，这也是他在村委会值守多、待得久的有利条件。

除了驻村第一书记、村支书、村主任以外，江伟可以说是村里排第四的"一本通"。全村的基础设施建设、特色产业发展，每一户贫困户的人口、房屋、饮水、土地、收入、教育以及致贫原因、帮扶干部、帮扶措施等等，他都如数家珍。

紫鹅村早在2010年就引进了福建琯溪蜜柚，由于经营管理不善,多年未有明显收益,眼瞅着一个很好的产业项目就要黄了。

2018年下半年,在驻村工作队的指导下,由紫鹅村的村干部带头,吸收种植大户、技术能手和贫困户,以300亩蜜柚精品果园为基地,成立了蜜柚种植专业合作社。

大家一致推举江伟担任专业合作社的理事长。他充分发挥自己的法律专长,很快办好合作社的工商注册、税务和银行相关业务,并成功申请注册了"抱龙蜜柚"商标。

他常给大家说:"我们精品果园最核心的就是精品二字,也就是一定要保证柚子好吃。抱龙蜜柚的口感就是果肉细嫩多汁,甜味足。只要我们每一个柚子都种出这个效果,品牌效应就出来了,有了品牌,就能很快实现精品果园带动农旅融合发展的目标……"

有了标准,定了规矩,蜜柚管护彻底改变,第二年,精品果园就有了起色,取得了较好效益。在合作社的示范带动下,全村群众另外种植的500亩蜜柚也都自觉提高了种植、管护的技术标准,一棵棵柚子树长得格外喜人,全村将迎来一个蜜柚丰收年。

大家公认的,江伟能力强、办事效率高,同时,也是很有才华和抱负的乡村青年。

可能有人还觉得江伟多少有些屈才。

从小时候起,知道自己身体有些缺憾,生活、学习上还有些障碍,他就特别发奋。小学、初中一路顺利升学,在县重点中学高中毕业,高考他本来也是上了二本分数线,还超出几十分,只因填报了理科院校的志愿,多数专业对身体健康状况有明确的要求,最终没有被录取。之后,他通过自学考试,取得了西南政法大学法律专业专科、本科文凭,接着又参加国家司法考试,取得了A类法律职业资格证书,又顺利获得律师执业资格证书,开启了执业律师的从业之路。

走在街上,他那婴儿般柔软的白中带金的头发和白嫩得异常的

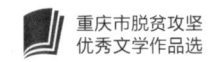

皮肤常会引来一些惊异的目光。对此，江伟从不在意。他并不是刻意抑制自己的情绪，抵御自卑心理——他根本就没有这种心理。他相信自己的学问、思想、口才等等，不比身边大多数的路人差。

你看，他走路是大步流星的，他说话是中气十足、口若悬河的。要说残疾，他不过是皮肤白一些，干净一些，头发颜色异常一些。不是他残疾，而是偷偷盯着他看、暗自嘲笑他的人心中有偏见。

他成了远近有名的法律专家，经常有本村和外村的群众向他咨询，请他支招和帮忙，写个协议，解释政策，分析官司的输赢……农村群众对法律服务的需求越来越多，江伟便开始规划一个蓝图：建立乡村法律咨询服务平台。

他已申请成立了一个法律咨询服务公司，并在多个自媒体平台运营公益普法账号"江伟说法"。针对《中华人民共和国土地管理法》《中华人民共和国民法典》等农村群众最关心的法律法规，他结合司法案例解读法律条款，录制视频，撰写文章，在微信公众号、抖音号等自媒体账号发布了《农村集体产权制度改革助力脱贫攻坚和乡村振兴》《孩子是自己亲生的，还是隔壁老王的？》《以后离婚会更难了吗？》等文章和视频，很受村民欢迎。

身体的不便多少束缚了他的生活和事业，但脱贫攻坚带来的巨大变化让他对乡村、对自己的未来都充满信心。

"中国依法治国的现实需要，农村法制意识的普遍增强，针对农村群众的法律咨询服务就会越来越有市场。我要建立一个这样的平台，把农村群众、律师事务所、律师联系起来，打通法律服务进农村的最后一公里，让老百姓一个电话、一个微信，随时都可以在我的平台上享受高质量的法律在线服务。我想用自己十余年的基层工作经验和五六年的执业律师经历，为法治中国建设贡献自己的心力……"江伟侃侃而谈。

他眯缝的眼睛放着光,那是看到了远方。

他那比一般人大了1/3的脑袋里,装着超出紫鹅村的梦想。

后记

村道闪闪发光

　　下过雨，代家湾去祠堂的路变得泥泞不堪。人的脚、牲畜的爪子和蹄，往来反复，把泥巴踩成了面团，积水的地方就搅成了粥。在这路上走着，是得有一定力气和经验，没力气，鞋子陷在泥中拔不出来，没经验，搞不好就一溜一滑，摔一个仰八叉或是嘴啃泥。我千小心万小心地赶着路，又不能太耽搁，害怕进教室晚了罚站，心里刚有点着急，稀泥巴就逮着给了我一下，我一屁股坐在泥浆里，书包也一并遭殃。像所有小孩一样，这必须得哭一下，表示责任不在自己。我哭着，但还得爬起来，一身稀泥地继续赶路。我是打着赤脚，没有泥巴吞鞋的担忧，但溜滑却是一样的。因为赤脚，便又格外生发另一种忧惧：脚会踩到虫子。圆螺蛳、扁螺蛳也许会踩个稀巴烂，够恶心的，而那些软软的、肉肉的、线形的家伙，比如蚯蚓、千足虫或青虫，光是看看就会头皮发麻，光脚踩上去，在那接触间小小的冰凉的一刹那，简直会让人崩溃。除开虫子，还多半要踩到鸡屎、猪屎、牛粪、羊粪——这几乎是肯定的。这条村中大道，人要走，牲口也要走。猫狗会好一点，多会在道旁田间野地拉屎，个别好猫好狗甚至会刨土掩盖自己的秽物，牛羊却没有这些讲究，随走随拉，哪管当道不当道。村道穿过一些人家的院坝，百分之百，这院坝里布满了鸡屎。天晴，满院坝鸡屎星星点点，给太阳晒得干巴了，像木耳、地衣，感觉密密麻麻，但也总还找得到空隙，小心走去，不是必定踩到。雨天就不同了，地面一经雨水浸泡，又经往来足步践踏，鸡屎早就化入泥泞一体，黄泥变成酱汁颜色。假如这户人家常给圈养的猪们放风，泥浆又免不了掺入猪粪，酱汁颜色加倍提升饱和度，变成黑黑红红的汤糊。走路到这里，面对一片可疑的泥浆和汤糊，怎么下脚，怎么避开混合在里面的鸡屎、猪粪，这差不多就是人生的终极考验，绝望，苍凉。

这是大约40年前的景象，至今记忆深刻。

那时，祠堂是代家湾重要甚或唯一的地标。它位于村里几条道路交会的中心。本是李氏宗祠，却只剩一座空房子，做着村里小学。那时，村里每户人家大门都是木质的，门槛是青石板的。这门槛，我以为它顶大的一个作用，就是刮泥巴。雨天走路到家，谁个脚上不带着几斤泥巴？进门之前，就在门槛上把泥巴刮一刮。当然，门前有石阶的，应该在石阶上先刮一遍。那时，村里每户人家还都有一个器具：拍板。整木做成，一头是厚木板，一头是把柄，侧面呈三角形，底部平平。它最光荣的使命，是建房时用来平整土墙墙面。它的日常用途，却是雨后放晴，在泥巴将干未干时，将各家院坝已被踏得坑坑洼洼的地面，重新整平。太阳初照，就听见村里各处"啪啪"声此起彼伏，一时热闹，别有一种清新、舒畅。

拍板只拍各家院坝，不会拿去拍路。放心，雨天踩得"万峰磅礴"的土路，在下一场雨到来之前，又会被往来反复的人畜脚步踩回原形，多少有些平坦的样子。

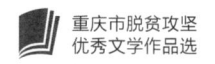

上学的村道，只要不下雨，就很可爱，打一双赤脚亲吻大地，简直是享受。一下雨，面对那一种蕴藉丰富、旖旎多姿，不管赤脚不赤脚，都是战战兢兢、举步维艰的。那时，我便生出一个梦想：哪一天要把代家湾的土路全都铺上石板！

不是水泥，就是石板，以一个还没怎么出过村的代家湾普通少年的见识，我只能想到这种奢华了。石板质地坚硬，人畜走多了就青光发亮。这东西就地取材，代家湾很容易找到，北面山上的青石村也多的是。石板费工的话，石子也行，砂土也行。石子、砂土渗水，不会变成烂泥。一下雨，这石板路、砂石路就被冲洗得干干净净了，没有泥巴，没有粪便，就是爬着虫子，那也不是大问题了，因为看得清清楚楚，不会一脚踩到那些光滑蠕软的身体上。不仅去祠堂，去香树坪姑奶奶家，又从香树坪去公社，去培石外婆家……所有代家湾村里的和从村里走出去的路，全都铺成石板路、砂石路。所有的人，到祠堂，到公社，走亲戚，几趟子回来，鞋还是那双鞋，裤子还是那条裤子，人还是那个人，精精神神的，没有因为一身烂泥巴和粪臭而哭丧着脸。到家，各家院坝也都用石板铺好了，雨水一冲，也是干干净净的，各家门槛也不用刮泥巴了，干干净净的。拍板除了拍墙，平时也真用不上了，可以当柴烧了。村里各处都是干干净净的。鸡啊，猪啊，一律圈养着，没有人家好意思随便放出来，弄脏自家的院坝了……

我做着这个有关村道的美梦，总觉得那是很奢侈的，不大可能实现，我绝没有想到：它居然真的实现了，而且比我梦想的还高级，还漂亮！

一条总长约十公里、宽四米五、厚二十公分，表面带有摩擦刻槽，里侧建有排水沟，外沿安装波形镀锌防护栏的水泥混凝土道路，与邻近的龙卧村硬化村道接头，从四社白坝向家屋场开始，往东，穿三社李家屋场，又穿二社李家屋场，经新建的代家湾村校，从翻修一新的祠堂背后绕过，斜上朝小步井爬坡一公里，继而折回，转南，过溪沟，穿九社李家屋场，上六社阴坡徐家屋场，回折向西，抵五社向家屋场，出上溪沟，爬坡，最后在香树坪搭上贺家村的硬化村道。

在香树坪眺望低洼处的代家湾，水泥公路紧紧贴附在村庄的肌体上，顺着山梁、沟湾、田坡蜿蜒而行，时不时隐藏身段，但很快又会冒出来。像一个小孩，刚会走路刚会跑动，有些跌跌撞撞地，有些兴高采烈地，绕过来，又绕过去，不亦乐乎地跑着，要跑到每个人面前，笑一阵，又跑开去，拉他不住。

青灰的天空下，灰白的公路路面反射着天光，比天空还亮一些，在村庄偏深色的背景上，更是格外地显得光亮，简直像一条发光的带子，让整个村庄都变得生动、活泼起来。这十来平方公里的山窝子，李、向、徐三姓三百五十余户人家，就让这光带紧紧串在一起，无论砖混楼房、土墙瓦屋，都亮堂了。就有几处房屋稍偏，落了单，也是离公路不远的，有稍窄的便道与公路连通，也在公路反射出的温暖光芒中。

从代家湾出发，宽四米五的硬化村道向西与毗邻的贺家、龙窝村村道连通，之后接入八米宽的抱龙乡乡道同时也是到巫山的县道，继而连接二十四米宽的双向六车道G42沪蓉高速公路……代家湾，在解决十公里硬化村道的关键问题之后，就这么方便地迅速地连通了中国，把自己融进一个比一个大的交通网络中。北京、上海、深圳、烟台、呼和浩特、成都、石河子……所有代家湾老少爷们求学、务工、生活的地方，都成为手机导航系统的一个点，或是反过来，代家湾成为所有这些出发地的目的地，轻轻一点，一条道路瞬间规划妥当，无论山高水长，送你返回家乡。

代家湾，仿佛成为全国公路交通交会的中心。

巫山至巫溪、巫山至建始的两条高速公路正加快建设，巫山机

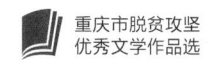

场已经通航，过境巫山并设始发站的郑渝高铁即将通车，巫山长江黄金水道通航升级……巫山"水、陆、空、铁"的立体交通网络正在实现，凭借未来越加完善的现代交通体系，代家湾，与世界的连通也必然越加便捷。

多么偏僻、封闭的村子，巫山山脉中一个普通的山窝子，世世代代老老实实地、平平淡淡地存活着，没有消亡，但也不见着希望，就因为还有村民在此生息，如今便通了公路，并且通得彻底——出村，东西南北无所不通；村内，社社连通。公路之外，村中连片耕地，也专门建有水泥砂灰抹面的耕作道，纵横交错，四通八达，方便村民下田干活，平坦处还可供摩托、三轮来去。

在村里走路，想沾点泥都不容易了，除非自己跳进田里去。

回望四十年前的梦境，遥远而迫近，虚幻而真切，让人疑惑，让人激奋。真的，那一刻，我心潮起伏，还有些热泪盈眶，我忍不住伸出手，指点村庄，对旁人说了一句废话："看，代家湾的路！"好像别人都没看到，只有我发现了一样。

我的脚有些发痒，它想蹬掉鞋子、袜子，去村道上跑一跑，巨大的喜悦使它蠢蠢欲动。

我看到，一条光辉的村道，像是一个悠扬起伏的乐句，兴奋着，律动着，带着村庄，带着我们更多更大的梦想，奔向远方……

我在巫山出生，长大，工作，现在慢慢变老。

代家湾只是巫山众多传统村落中一个普通的村子，没有特别的资源，没有突出的优势，普通到行政村合并，它的名字都搞丢了。现在，准确地说，代家湾是属于巫山县抱龙镇埠头村的一个组，而不再是一个村。

脱贫攻坚深刻地改变了代家湾和巫山所有村子的面貌和精神。道路改变了。房舍改变了。田地的农作物、树木，都改变了。每个村子的人，不管老的、少的，也都像田地的植物一样，从里到外，都改变了。

不变的是血脉。

我越老，越爱这里。

一些年后，我会选一处角落，葬在这里。

若干年以后，回望21世纪的开篇，脱贫攻坚，一定是绕不开的重大事件。

它是地球东方对于绝对贫困的宣战。

哪怕新冠肺炎疫情的阴霾笼罩，也阻挡不了我们夺取胜利的决心！

它在中国发生，但它不仅仅属于中国，它属于全世界，它是全人类的伟大实践！

这本书，选择了这一重大事件的一个"局部战场"，位于中华版图腹心区域，也是长江三峡的中心区域——重庆市巫山县，选择这个战场的全体战斗者的一些代表，包括政府部门干部、驻村干部、帮扶干部，包括贫困群众，还包括以各种方式参与脱贫攻坚并发挥了作用的非贫困群众以及社会各界人士，记录他们的奋斗、拼搏，记录他们的奉献、牺牲，也记录他们的焦虑、泪水和梦想。

他们是一群活生生的战斗者。

他们当中有些人，也许不够典型——够不上一般意义上的典型，不够完美，不够先进，带有各自的局限，但这完全不影响他们集合成为一场划时代的战役的主体力量。

他们当中另有一些人，非常普通——完全随机地挑选出来，客观地展示了他们现在精神和生活的变化。这或许更能证明脱贫攻坚的成效，它表明我们有足够的自信：任何随机抽取的一家一户，都经得起历史的审视。

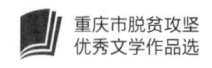

一切直接或间接参与脱贫攻坚的人，都值得书写。

谨以此书，向脱贫攻坚路上的奋斗者致敬！

作者，2020年9月于巫山竹里馆